D1072988

BESTSELLER

[!]

Biblioteca

MARY HIGGINS CLARK

La fuerza del engaño

Traducción de
Eduardo G. Murillo

DeBOLS!LLO

Título original: *The Second Time Around*
Diseño de la portada: Departamento de diseño de Random
   House Mondadori
Fotografía de la portada: © Age Fotostock

Primera edición en U.S.A.: enero, 2006

© 2003, Mary Higgins Clark
   Publicado por acuerdo con Simon & Schuster, Inc.
© 2004, Random House Mondadori, S. A.
   Travessera de Gràcia, 47-49. 08021 Barcelona
© 2004, Eduardo G. Murillo, por la traducción

Printed in Spain – Impreso en España

ISBN: 0-307-34805-9

Distributed by Random House, Inc.

Una vez más

Para mi ser más querido y cercano:
John Conheeney, esposo extraordinario.
La prole Clark:
Marilyn, Warren y Sharon, David, Carol y Pat.
Los nietos Clark:
Liz, Andrew, Courtney, David, Justin y Jerry.
Los hijos Conheeney:
John y Debby, Barbara, Trish, Nancy y David.
Los nietos Conheeney:
Robert, Ashley, Lauren, Megan, David, Kelly,
Courtney, Johnny, Thomas y Liam.

Sois una gran pandilla y os quiero a todos

AGRADECIMIENTOS

Terminar de escribir una historia significa empezar a dar las gracias a los que me acompañaron en la travesía.

Gratitud infinita para mi editor desde tiempo inmemorial, Michael Korda. Cuesta creer que hayan transcurrido veintiocho años desde que juntáramos nuestras cabezas con *¿Dónde están los niños?* Es un placer trabajar con él y, durante los últimos años, con su ayudante Chuck Adams. Son amigos y asesores maravillosos.

Lisl Cade, mi agente de publicidad, es mi auténtica mano derecha, animosa, perspicaz, colaboradora en tantos aspectos que no puedo mencionarlos todos. Te quiero, Lisl.

Doy las gracias también a mis agentes literarios Eugene Winick y Sam Pinkus. Amigos de verdad contra viento y marea.

La subdirectora de corrección de estilo Gypsy da Silva ha sido una vez más maravillosa y meticulosa. Muchísimas gracias siempre.

Doy las gracias a sus colaboradores Rose Ann Ferrick, Barbara Raynor, Steve Friedeman, Joshua Cohen y Anthony Newfield.

Una vez más, gracias y bendiciones eternas a mis colaboradoras y amigas Agnes Newton y Nadine Petry, y a la lectora de pruebas, mi cuñada Irene Clark.

Mi hija y colega Carol Higgins Clark siempre ha sido una valiosa y útil caja de resonancia. Nos seguimos comunicando los altibajos de la creatividad. Los altos empiezan cuando el libro está terminado.

Me siento muy agradecida a la ayudante de investigaciones clínicas Carlene McDevitt, quien contestó de buen grado a las preguntas que le formulé. Si no interpreté bien los detalles cuando contestó a dichas preguntas, me declaro culpable.

Termino dando gracias a mi marido, John, y a nuestras maravillosas familias combinadas, hijos y nietos, a los que nombro en la dedicatoria.

Y ahora, mis queridos lectores, todo está dicho. Espero de todo corazón que disfrutéis.

1

La asamblea de accionistas, quizá la rebelión de los accionistas sea una forma mejor de describir el evento, tuvo lugar el 21 de abril en el hotel Grand Hyatt de Manhattan. Era un día frío y ventoso, impropio de la estación, pero lo bastante desapacible para acompañar a las circunstancias. El titular que apareció dos semanas antes anunciando que Nicholas Spencer, presidente de Gen-stone, había muerto al estrellarse su avión privado cuando volaba a San Juan, había sido acogido con sincero dolor. Su empresa esperaba recibir la bendición de la Food and Drug Administration para la vacuna que eliminaría la posibilidad de que las células cancerosas se multiplicaran, y también detendría el avance de la enfermedad en las personas ya afectadas, una prevención y una terapia de las que él era el único responsable. Había llamado Gen-stone a la empresa en referencia a la piedra de Rosetta, que había desvelado el idioma del antiguo Egipto y facilitado el conocimiento de su notable cultura.

Al titular que comunicaba la desaparición de Spencer siguió poco después el anuncio, por boca del presidente de la junta de Gen-stone, de que se habían producido numerosos contratiempos en los experimentos con la vacuna y no podría ser sometida a la aprobación de la FDA en un futuro próximo. Además, añadía que habían robado a la empresa decenas de millones de dólares, y que el culpable era, al parecer, Nicholas Spencer.

Soy Marcia DeCarlo, más conocida como Carley; sentada en la sección reservada a los medios en la asamblea de accionistas, mientras observaba los rostros enfurecidos, estupefactos o llorosos que me rodeaban, no acababa de creerme lo que estaba oyendo. Por lo visto, Nicholas Spencer, Nick, era un ladrón y un timador. La vacuna milagrosa no era más que el fruto de su imaginación codiciosa y su astucia comercial. Había engañado a toda la gente que había invertido tanto dinero en su empresa, a menudo los ahorros de toda la vida o hasta el último centavo. Habían confiado en ganar dinero, cierto, pero muchos creían también que su inversión contribuiría a convertir en realidad la vacuna. Y no solo habían salido perjudicados los inversores, sino que el robo había dado al traste con los planes de jubilación de los empleados de Gen-stone, más de mil personas. No parecía posible.

Como el cadáver de Nicholas Spencer no había sido arrastrado a la orilla junto con los restos carbonizados del aparato, la mitad de la gente congregada en la sala de actos no creía que estuviera muerto. La otra mitad le habría hundido una estaca en el corazón si se hubieran recuperado sus despojos.

Charles Wallingford, presidente de la junta de Gen-stone, pálido pero con la elegancia natural adquirida gracias a generaciones de buena cuna y privilegios, se esforzó por poner orden en la asamblea. Otros miembros de la junta, con expresión sombría, estaban sentados en el estrado con él. Hasta el último hombre, eran figuras prominentes de los negocios y la sociedad. En la segunda fila había gente que reconocí como ejecutivos de la firma contable de Gen-stone. Algunos habían salido entrevistados en alguna ocasión en el *Weekly Browser*, el suplemento dominical para el que yo escribía una columna financiera.

Sentada a la derecha de Wallingford, con el rostro de un tono alabastro, el cabello rubio recogido en un moño y vestida con un traje negro que le debía de haber costado una fortuna, estaba Lynn Hamilton Spencer. Era la esposa (o la viuda) de Nick, y por esas casualidades de la vida, mi hermanastra, con la que había coincidido en tres ocasiones y a la que confieso detestar. Permítanme que me explique. Hace dos años, mi madre viuda se casó con el padre viudo de Lynn, tras conocerle en Boca Ratón, donde vivían en edificios de apartamentos vecinos.

Durante la cena celebrada la noche antes de la boda, me irritó la actitud condescendiente de Lynn Spencer, al tiempo que me sentí fascinada por Nicholas Spencer. Sabía quién era, por supuesto. Se habían publicado artículos detallados en *Time* y *Newsweek*. Era hijo de un médico de cabecera de Connecticut, cuya vocación era la investigación biológica. Su padre tenía un laboratorio en su casa y desde que Nick era niño pasaba la mayor parte de su tiempo libre en él, ayudando a su padre en los experimentos. «Los demás chicos tenían perros —había explicado a los entrevistadores—. Yo tenía ratones. No lo sabía, pero un genio me estaba dando clases de microbiología.» Se había decantado por el mundo de los negocios, e hizo un máster de dirección de empresas, con el propósito de tener algún día una empresa de suministros médicos. Empezó trabajando en una modesta empresa del ramo y muy pronto ascendió hasta convertirse en socio. Después, cuando la microbiología se convirtió en la ciencia del futuro, comenzó a tomar conciencia del campo en el que quería especializarse. Empezó a reconstruir las notas de su padre y descubrió que, poco antes de su repentino fallecimiento, había estado a punto de lograr un avance sin precedentes en la investigación del cáncer. Utilizando su empresa de suministros médicos como base, Nick se dispuso a crear una división de investigación.

Una entrada de capital de riesgo le había ayudado a lanzar Gen-stone, y cuando corrió el rumor de la vacuna inhibidora del cáncer, la empresa se convirtió en el paquete de acciones más suculento de Wall Street. Ofrecidas al principio a tres dólares por acción, habían alcanzado los 160 dólares; con la condición de que lograra la aprobación de la FDA, Garner Pharmaceutical se comprometió a pagar mil millones de dólares por los derechos de distribución de la nueva vacuna.

Yo sabía que la esposa de Nick Spencer había muerto de cáncer cinco años antes, que tenía un hijo de diez años y que llevaba casado con Lynn, su segunda mujer, cuatro años. No obstante, todo el tiempo que había dedicado a estudiar sus antecedentes no me sirvió de nada cuando le conocí en aquella cena «familiar». No estaba preparada para el magnetismo de la personalidad de

Nick Spencer. Era una de aquellas personas dotadas de un encanto personal innato y una mente brillante. Con algo más de metro ochenta, pelo rubio oscuro, penetrantes ojos azules y cuerpo atlético, era muy atractivo. Sin embargo, su mayor virtud residía en la habilidad para interactuar con la gente. Mientras mi madre intentaba mantener una conversación con Lynn, me descubrí contando a Nick más acerca de mí de lo que había revelado a nadie en un primer encuentro.

Al cabo de cinco minutos ya sabía mi edad, dónde vivía, mi trabajo y dónde me había criado.

—Treinta y dos años —dijo sonriente—. Ocho menos que yo.

Entonces no solo le conté que me había divorciado tras un breve matrimonio con un compañero de máster en la Universidad de Nueva York, sino que hasta hablé del bebé que solo había sobrevivido unos pocos días por culpa de que el agujero de su corazón era demasiado grande para cerrarse. No era propio de mí. Nunca hablo del bebé. Me duele demasiado. Y no obstante, me resultó fácil hablar de él con Nicholas Spencer.

—Es la clase de tragedia que nuestra investigación impedirá algún día —dijo con dulzura—. Por eso removeré cielos y tierra para salvar a la gente del dolor que tú has experimentado, Carley.

Mis pensamientos volvieron a la realidad presente cuando Charles Wallingford descargó el martillo sobre la mesa hasta que se hizo el silencio, un silencio hosco y airado.

—Soy Charles Wallingford, presidente de la junta de Genstone —dijo.

Fue saludado con un coro ensordecedor de abucheos y silbidos.

Sabía que Wallingford tenía cuarenta y ocho o cuarenta y nueve años, y le había visto en los telediarios el día después de que el avión de Spencer se estrellara. Ahora parecía mucho más viejo. La tensión de las últimas semanas había añadido años a su apariencia. Nadie podía dudar de que el hombre estaba sufriendo.

—He trabajado con Nicholas Spencer durante los últimos ocho años —dijo—. Acababa de vender el negocio familiar, y estaba buscando la oportunidad de invertir en una empresa prometedora. Conocí a Nick Spencer, y me convenció de que la empresa que acababa de fundar realizaría grandes progresos en el desarrollo de nuevos fármacos. A instancias de él, invertí casi todos los beneficios de la venta de nuestro negocio familiar y me uní a Gen-stone. Por consiguiente, estoy tan desolado como ustedes por el hecho de que la vacuna no esté preparada para ser sometida a la aprobación de la FDA, pero eso no significa que, si contamos con más fondos, futuras investigaciones no resuelvan el problema...

Docenas de preguntas formuladas a voz en grito le interrumpieron.

—¿Y el dinero que robó? ¿Por qué no admite que usted y toda su pandilla nos engañaron?

De pronto, Lynn se levantó y, en un gesto sorprendente, arrebató el micrófono a Wallingford.

—Mi marido murió cuando iba a una reunión de negocios cuyo objetivo era conseguir más fondos para mantener viva la investigación. Estoy segura de que habrá una explicación para el dinero desaparecido...

Un hombre subió corriendo por el pasillo, agitando páginas que parecían arrancadas de periódicos y revistas.

—¡Los Spencer en su propiedad de Bedford! —gritó—. ¡Los Spencer celebran un baile de caridad! ¡Nicholas Spencer sonriendo mientras extiende un cheque para «New York's Neediest».

Guardias de seguridad atenazaron los brazos del hombre cuando llegó al estrado.

—¿De dónde pensaba que salía el dinero, señora? Yo se lo diré. ¡De nuestros bolsillos! Pedí una segunda hipoteca por mi casa para invertir en su asquerosa empresa. ¿Quiere saber por qué? Porque mi hija tiene cáncer, y creí en las promesas de su marido acerca de la vacuna.

La prensa ocupaba las primeras filas. Yo estaba en un asiento del extremo, y habría podido tocar al hombre. Era un tipo de aspecto corpulento de unos treinta años, vestido con jersey y tejanos. Vi que su rostro se desmoronaba de repente, y empezó a llorar.

—Mi hijita no podrá seguir viviendo en nuestra casa —dijo—. Ahora tendré que venderla.

Miré a Lynn, y nuestros ojos se encontraron. Sabía que era imposible que percibiera el desprecio de mi mirada, pero solo pude pensar que el diamante de su dedo debía valer lo suficiente para pagar la segunda hipoteca que iba a costar su casa a una niña agonizante.

La asamblea no duró más de cuarenta minutos, y consistió en una serie de relatos desesperados de gente que lo había perdido todo por invertir en Gen-stone. Muchos dijeron que se habían decidido a comprar acciones porque un hijo u otro miembro de la familia padecía una enfermedad que la vacuna podría curar.

Mientras la gente salía, tomé nombres, domicilios y números de teléfono. Gracias a mi columna, muchos sabían mi nombre y estaban ansiosos por hablar de sus pérdidas económicas. Preguntaron si existía alguna posibilidad de recuperar parte de sus inversiones.

Lynn había abandonado la asamblea por una puerta lateral. Me alegré. Yo había escrito una nota después de que el avión de Nick se estrellara, para informarla de que asistiría al funeral. Aún no había tenido lugar. Estaban esperando a ver si recuperaban su cadáver. Me pregunté, como casi todo el mundo, si Nick iba en el avión cuando se estrelló, o había simulado su desaparición.

Sentí una mano sobre mi brazo. Era Sam Michaelson, un veterano reportero del *Wall Street Weekly*.

—Te invito a una copa, Carley —dijo.

—Santo Dios, no sabes cómo la necesito.

Fuimos al bar del vestíbulo y nos guiaron hasta una mesa. Eran las cuatro y media.

—Tengo por costumbre no tomar vodka antes de las cinco —explicó Sam—, pero como imagino que sabrás, en algún lugar del mundo ya son las cinco.

Yo pedí una copa de chianti. Por lo general, a finales de abril ya había cambiado al chardonnay, mi vino favorito en época de calor, pero como me sentía tan helada por lo ocurrido en la asamblea, quería algo que me reconfortara.

Sam pidió nuestras bebidas, y luego preguntó de sopetón:

—¿Qué opinas, Carley? ¿Está ese ladronzuelo tomando el sol en Brasil mientras hablamos?

Le respondí con la mayor sinceridad posible.

—No lo sé.

—Vi a Spencer en una ocasión —dijo Sam—. Juro que si me hubiera querido vender el puente de Brooklyn, habría aceptado. Menuda serpiente. ¿Le conocías en carne y hueso?

Medité un momento sobre la pregunta de Sam, mientras intentaba decidir qué iba a decir. El hecho de que Lynn Hamilton Spencer fuera mi hermanastra, lo cual convertía a Nick Spencer en mi cuñado, era algo de lo que nunca había hablado. Sin embargo, ese hecho me impedía hablar en público o en privado de Gen-stone como una inversión, porque podría considerarse un conflicto de intereses. Por desgracia, no me impidió comprar acciones por valor de veinticinco mil dólares porque, como Nicholas Spencer había dicho aquella noche durante la cena, después de que la vacuna eliminara la posibilidad del cáncer, algún día vendría otra que eliminaría las anormalidades genéticas.

Mi bebé había sido bautizado el día que nació. Le había llamado Patrick, como mi abuelo materno. Compré esas acciones como una especie de tributo a la memoria de mi hijo. Aquella noche de dos años antes, Nick había dicho que, cuanto más dinero se reuniera, antes se terminarían los ensayos con la vacuna y sería una realidad.

—Por supuesto —había añadido—, tus veinticinco mil dólares valdrán muchísimo más.

Aquel dinero, ahorrado durante mucho tiempo, iba a servir para pagar la entrada de un apartamento.

Miré a Sam y sonreí, sin decidirme por la respuesta. El pelo de Sam es gris. Su única demostración de vanidad consiste en peinar largos mechones sobre la cabeza calva. He observado que estos mechones a veces están torcidos, como ahora, y como vieja amiga he combatido la tentación de decir «Ríndete. Has perdido la batalla del pelo».

Sam tiene cerca de setenta años, pero sus ojos azules infantiles son brillantes y despiertos. Sin embargo, no hay nada de infantil detrás de esa cara maliciosa. Es inteligente y astuto. Comprendí que no sería justo callar mi tenue relación con los Spencer, pero iba a dejar claro que solo había coincidido una vez con Nick y tres con Lynn.

Vi que enarcaba las cejas cuando le informé de nuestro parentesco.

—Me parece una persona muy fría —dijo—. ¿Qué hay de Spencer?

—Yo también le hubiera comprado el puente de Brooklyn. Pensé que era un tipo formidable.

—¿Qué opinas ahora?

—¿Sobre si está muerto o es un montaje? No lo sé.

—¿Y la esposa, tu hermanastra?

Sé que me encogí.

—Sam, mi madre es muy feliz con el padre de Lynn, a menos que sea una actriz como la copa de un pino. Que Dios nos ayude, los dos están tomando clases de piano juntos. Tendrías que haber escuchado el concierto que me ofrecieron el mes pasado, cuando fui a pasar un fin de semana en Boca. Admito que no me gustó Lynn cuando la conocí. Creo que besa el espejo cada mañana, pero solo la vi la noche antes de la boda, en la boda, y en otra ocasión, cuando llegué a Boca el año pasado, justo en el momento en que se marchaba. De modo que hazme un favor y no la llames mi hermanastra.

—Tomo nota.

La camarera vino con nuestras bebidas. Sam dio un sorbo apreciativo y carraspeó.

—Carley, acabo de enterarme de que has solicitado el puesto libre que ofrece la revista.

—Sí.

—¿Cómo es eso?

—Quiero escribir para una revista de economía seria, no solo una columna de información general de un suplemento domini-cal. Trabajar como reportera para el *Wall Street Weekly* es mi ob-jetivo. ¿Cómo sabes que lo solicité?

—El gran jefe, Will Kirby, preguntó qué opinión tenía de ti.

—¿Qué le dijiste?

—Dije que tenías cerebro y que le dabas sopas con onda al tipo que se marcha.

Media hora más tarde, Sam me dejó delante de casa. Vivo en el apartamento del segundo piso de un edificio restaurado en la ca-lle Treinta y siete Este de Manhattan. No hice caso del ascensor, que merece la indiferencia más absoluta, y subí el único tramo de escaleras. Fue un alivio abrir la puerta y entrar. Me sentía depri-mida por muy buenos motivos. La situación económica de aque-llos inversores me había afectado, pero era algo más que eso. Muchos habían hecho la inversión por la misma razón que yo, porque deseaban detener el avance de la enfermedad que padecía algún ser querido. Era demasiado tarde para mí, pero sé que com-prar aquel paquete de acciones como tributo a Patrick era tam-bién una forma de intentar curar el agujero de mi corazón, toda-vía más grande que el que había matado a mi hijo.

Mi apartamento está amueblado con enseres que mis padres tenían en la casa de Ridgewood, Nueva Jersey, donde me había criado. Como soy hija única, pude optar a todo cuando se muda-ron a Boca Ratón. Volví a tapizar el sofá con una gruesa tela azul, para que combinara con la alfombra persa que había encontrado en unos saldos. Las mesas, lámparas y butaca ya estaban en casa cuando yo era la cría más diminuta pero veloz del equipo univer-sitario de baloncesto de la Academia del Inmaculado Corazón.

Conservo una foto del equipo en la pared del dormitorio, y en ella sostengo la pelota. Miro la foto y veo que, en muchos aspec-tos, no he cambiado. El pelo oscuro corto y los ojos azules que heredé de mi padre siguen siendo los mismos. Nunca experimen-té el estirón que mi madre había pronosticado. Medía entonces un metro sesenta, y mido ahora un metro sesenta. Ay, la sonrisa vic-toriosa se ha desvanecido, al menos no es la misma de esa foto, cuando pensaba que el mundo era mi ostra. Tal vez escribir la columna esté relacionado con eso. Siempre estoy en contacto con gente real que padece problemas económicos reales.

Pero sabía que esta noche tenía otro motivo para sentirme agotada y deprimida.

Nick. Nicholas Spencer. Pese a las pruebas abrumadoras, no podía aceptar lo que decían de él.

¿Existía otra respuesta para el fracaso de la vacuna, la desaparición del dinero, el accidente de aviación? ¿O era que me dejaba embaucar por estafadores con pico de oro, que solo pensaban en ellos? Como me pasó con Greg, el señor Imperfecto con el que me casé hace casi once años.

Cuando Patrick murió después de vivir tan solo cuatro días, no fue necesario que Greg me revelara su alivio. Era evidente. Significaba que no viviría lastrado por un niño que necesitaba cuidados constantes.

No hablamos del asunto. No había mucho que decir. Me dijo que el empleo que le habían ofrecido en California era demasiado bueno para dejar pasar la oportunidad.

—No dejes que yo te retenga —dije.

Y eso fue todo.

Todos esos pensamientos no hacían más que deprimirme, así que me fui a la cama temprano, decidida a limpiar mi cabeza y despertarme al día siguiente fresca como una rosa.

Una llamada de Sam me despertó a las siete de la mañana.

—Enciende el televisor, Carley. Hay un avance informativo. Lynn Spencer fue a su casa de Bedford anoche. Alguien le prendió fuego. Los bomberos lograron sacarla, pero inhaló mucho humo. Está ingresada en el hospital de St. Ann, en estado grave.

Cuando Sam colgó, agarré el mando a distancia de la mesilla de noche. El teléfono sonó justo cuando encendía el televisor. Era la administración del hospital de St. Ann.

—Señorita DeCarlo, su hermanastra, Lynn Spencer, está ingresada con nosotros. Quiere verla. ¿Podrá venir hoy? —La voz de la mujer adoptó un tono perentorio—. Está muy preocupada, y sufre grandes dolores. Es muy importante para ella que usted venga.

2

Durante el trayecto de tres cuartos de hora hasta el hospital de St. Ann, sintonicé la CBS por si decían algo nuevo sobre el incendio. Según los informes, Lynn Spencer había llegado a su casa de Bedford a eso de las once de la noche anterior. Los caseros, Manuel y Rosa Gómez, viven en la propiedad, pero en una casa aparte. Por lo visto, no la esperaban aquella noche, e ignoraban que se hallaba en la residencia principal.

¿Por qué había ido Lynn a Bedford anoche?, me pregunté, mientras decidía correr el riesgo de entrar en la autopista de Cross Bronx, la forma más rápida de ir desde la parte este de Manhattan al condado de Westchester, siempre que no haya un accidente. El problema es que los accidentes son frecuentes, lo cual provoca que la Cross Bronx tenga fama de ser la peor arteria del país.

El piso de los Spencer en Nueva York está en la Quinta Avenida, cerca del edificio en que había vivido Jackie Kennedy. Pensé en mis treinta metros cuadrados de propiedad y los veinticinco mil dólares que había perdido, el dinero que iba a ser la entrada de un piso. Pensé en el individuo de la asamblea de ayer, cuya hija estaba muriendo, y que iba a perder la casa porque había invertido en Gen-stone. Me pregunté si Lynn había experimentado una punzada de culpabilidad por volver a aquel opulento apartamento después de la asamblea. Me pregunté si pensaba hablar de eso conmigo.

Abril había vuelto a ser abril. Cuando recorrí las tres manzanas que distaba el garaje donde aparcaba mi coche, olfateé el aire y agradecí estar viva. El sol brillaba y el cielo era de un azul intenso. Las pocas nubes que lo manchaban eran como borlas de almohadones blancos, que derivaban casi como una idea de última hora. Así es como Eve, mi amiga diseñadora de interiores, me explica que utiliza almohadas cuando decora una habitación. Debería dar la impresión de que las almohadas han sido añadidas como una idea de última hora, después de que todo lo demás estuviera en su sitio.

El termómetro del tablero de mandos marcaba diecisiete grados. Sería un día estupendo para ir al campo, si los motivos no fueran los míos. De todos modos, sentía curiosidad. Iba a ver a una hermanastra que era prácticamente una extraña para mí, la cual, por algún motivo misterioso, había pedido que me avisaran cuando la conducían al hospital, en lugar de a uno de sus famosos amigos.

Recorrí la Cross Bronx en un cuarto de hora, casi un récord, y giré al norte, en dirección al paseo de Hutchinson River. El locutor dio las últimas noticias sobre Lynn. A las tres y cuarto de la madrugada, se había disparado la alarma de incendios en la mansión de Bedford. Cuando los bomberos llegaron, unos minutos después, toda la planta baja de la casa estaba envuelta en llamas. Rosa Gómez les aseguró que no había nadie dentro. Por suerte, uno de los bomberos reconoció el Fiat aparcado en el garaje como el coche que Lynn siempre utilizaba, y preguntó a Rosa cuánto tiempo llevaba allí. Al ver su reacción de sorpresa, apoyaron una escalerilla en la fachada para subir a la habitación que la mujer indicó, rompieron un cristal y entraron. Encontraron a una aturdida y desorientada Lynn, que intentaba abrirse paso entre el espeso humo. Para entonces, ya sufría una intoxicación debida a la inhalación de humo. Tenía ampollas en los pies por culpa del calor del suelo, y sus manos sufrían quemaduras de segundo grado porque había ido tanteando la pared en busca de la puerta. El hospital informó de que su estado había pasado de grave a pronóstico reservado.

Un informe preliminar indicaba que el fuego había sido intencionado. Habían rociado con gasolina el porche central, que corría a todo lo largo de la fachada. Cuando se incendió, produjo una bola de fuego que envolvió en llamas la planta baja en cuestión de segundos.

¿Quién había prendido fuego a la casa?, me pregunté. ¿Alguien sabía o sospechaba que Lynn se hallaba en ella? Mi mente volvió de inmediato a la asamblea de accionistas, y al hombre que la había apostrofado. Se había referido en concreto a la mansión Bedford. Estaba segura de que, cuando la policía se enterara, recibiría una visita.

Lynn estaba en un cubículo de la unidad de cuidados intensivos del hospital. Le habían introducido tubos de oxígeno por la nariz, y tenía los brazos vendados. Sin embargo, su tez no estaba tan pálida como el día anterior, en la asamblea de accionistas. Entonces, recordé que la inhalación de humo puede imprimir a la piel un brillo rosado.

Llevaba el pelo rubio echado hacia atrás, y parecía lacio, incluso desastrado. Me pregunté si se lo habrían cortado en urgencias. Tenía las palmas de las manos vendadas, pero sus dedos estaban desnudos. Me sentí avergonzada un momento por preguntarme si el diamante que había exhibido en la asamblea se había quedado en la casa incendiada.

Tenía los ojos cerrados, y me pregunté si estaría dormida. Miré a la enfermera que me había acompañado.

—Estaba despierta hace un minuto —dijo en voz baja—. Hable con ella.

—Lynn —dije, vacilante.

Abrió los ojos.

—Carley. —Intentó sonreír—. Gracias por venir.

Asentí. No es que sea mujer de pocas palabras, pero la verdad es que no sabía qué decirle. Me alegraba con sinceridad de que no hubiera sufrido quemaduras graves o asfixia en el incendio, pero ignoraba por qué estaba jugando a que éramos parientes. Si de algo estoy segura en este mundo, es de que Lynn Hamilton Spencer pasa de mí tanto como yo de ella.

—Carley... —Su voz se elevó en un tono agudo, y al darse cuenta, cerró los labios—. Carley —volvió a empezar, en un tono más sereno—. Yo no tenía ni idea de que Nick estaba sacando dinero de la empresa. Aún me cuesta creerlo. No sé nada de sus negocios. Era el propietario de la casa de Bedford y el piso de Nueva York antes de que nos casáramos.

Tenía los labios agrietados y resecos. Levantó la mano derecha. Comprendía que su intención era coger el vaso de agua, de modo que lo levanté y sostuve para que pudiera beber. La enfermera había salido en cuanto Lynn abrió los ojos. No estaba segura de que debiera oprimir el botón que alzaría la cama. Por consiguiente, pasé mi brazo alrededor de su cuello y la sostuve mientras bebía.

Bebió muy poco, y luego se reclinó y cerró los ojos, como si aquel breve esfuerzo la hubiera agotado. Fue entonces cuando sentí una punzada de sincera compasión por ella. Parecía que se hubiera roto. La Lynn exquisitamente vestida y peinada que había conocido en Boca Ratón se hallaba a años luz de la mujer vulnerable que necesitaba ayuda para conseguir beber unas gotas de agua.

La deposité sobre la almohada, y resbalaron lágrimas por sus mejillas.

—Carley —dijo, con voz cansada y triste—, lo he perdido todo. Nick está muerto. Me han pedido que dimita como responsable de relaciones públicas de la empresa. Presenté a Nick un montón de clientes nuevos. Más de la mitad realizaron fuertes inversiones en la empresa. Lo mismo pasó en el club de Southampton. Amigos de muchos años están furiosos porque conocieron a Nick por mi mediación, y ahora han perdido montones de dinero.

Pensé en Sam, que había descrito a Nick como una serpiente.

—Los abogados de los accionistas van a presentar una querella contra mí. —Lynn se había puesto a hablar muy deprisa. Apoyó la mano sobre mi brazo, dio un respingo y se mordió el labio. Estaba segura de que había experimentado un fuerte dolor en la palma de la mano llena de ampollas—. Tengo algo de dinero en mi cuenta personal, y nada más. Pronto no tendré ni casa. Ya no tengo trabajo. Necesito tu ayuda, Carley.

¿En qué podía ayudarla yo?, me pregunté. No sabía qué decir. Me limité a mirarla.

—Si Nick se apoderó de ese dinero, mi única esperanza es que la gente crea que yo también soy una víctima inocente. Hablan de presentar cargos contra mí, Carley. No lo permitas, por favor. La gente te respeta. Te escucharán. Hazles comprender que, si hubo una estafa, yo no participé en ella.

—¿Crees que Nick ha muerto?

Era una pregunta que debía hacer.

—Sí. Sé que Nick creía a pies juntillas en la legitimidad de Gen-stone. Iba a una reunión de negocios en Puerto Rico, pero se topó con una tormenta espantosa.

Su voz empezaba a traslucir cansancio, y sus ojos se llenaron de lágrimas.

—A Nick le gustabas, Carley. Le gustabas mucho. Te admiraba. Me habló de tu hijo. El hijo de Nick, Jack, acaba de cumplir diez años. Sus abuelos viven en Greenwich. Ahora no me dejarán ir a verle. Nunca les caí bien porque me parecía a su hija, y yo estoy viva y ella muerta. Echo de menos a Jack. Quiero poder verle, al menos.

Lo comprendí muy bien.

—Lo siento mucho, Lynn, de veras.

—Necesito algo más que tu compasión, Carley. Necesito que ayudes a la gente a comprender que yo no participé en ningún plan para estafarles. Nick decía que eras una persona leal. ¿Lo serás también conmigo? —Cerró los ojos—. Y por él —susurró—. Le gustabas mucho.

3

Ned estaba sentado en el vestíbulo del hospital, con un periódico abierto delante de él. Había subido por el camino detrás de una mujer que llevaba flores, con la esperanza de que cualquiera que le viera creería que iban juntos. Una vez dentro, se había acomodado en el vestíbulo.

Se repantigó para que el periódico le tapara la cara. Los acontecimientos se estaban precipitando. Tenía que pensar.

Ayer, casi se había lanzado contra la mujer de Spencer cuando se apoderó del micrófono en la asamblea de accionistas y dijo que estaba segura de que todo era un error explicable. Tuvo suerte de que el otro tipo se pusiera a gritarle.

Había parado un taxi de inmediato y dado al conductor la dirección del piso de Nueva York, el ostentoso edificio situado frente a Central Park. Había llegado justo cuando el portero abría la puerta para que ella entrara.

Mientras bajaba del taxi y pagaba, imaginó a Lynn Spencer subiendo en el ascensor al ostentoso piso que habían comprado con el dinero que su marido y ella le habían robado.

Resistió el impulso de correr tras ella y se puso a caminar por la Quinta Avenida. Todo el rato vio desprecio en los ojos de la gente con la que se cruzaba. Sabían que no era de la Quinta Avenida. Era de un mundo en que la gente compraba tan solo las cosas que necesitaba, las pagaba con tarjetas de crédito y procuraba no sobrepasar una determinada cantidad, en cualquier caso poco elevada.

En la tele, Spencer había dicho que todo el mundo que había invertido en IBM o Xerox cincuenta años antes eran millonarios.

—Comprando Gen-stone no solo ayudarán a los demás, sino que amasarán una fortuna.

¡Mentiroso! ¡Mentiroso! ¡Mentiroso! La palabra estalló en la mente de Nick.

Desde la Quinta Avenida fue a buscar un autobús que le llevara a Yonkers. Su casa era un viejo edificio de dos plantas. Annie y él habían alquilado la planta baja veinte años antes, cuando se casaron.

La sala de estar era un caos. Había recortado todos los artículos sobre el accidente de aviación y la vacuna fracasada, y los había esparcido sobre la mesita auxiliar. Había tirado el resto de papeles al suelo. Cuando llegó a casa, volvió a leer los artículos, todos y cada uno.

Cuando oscureció, no se molestó en cenar. Ya no tenía mucha hambre. A las diez, sacó una manta y una almohada, y se tumbó en el sofá. Ya no entraba en el dormitorio. Eso provocaba que echara mucho de menos a Annie.

Después del funeral, el pastor le había dado una Biblia.

—He marcado algunos pasajes para que los leas, Ned —había dicho—. Tal vez te sirvan de ayuda.

No le interesaban los Salmos, pero mientras pasaba las páginas había encontrado algo en el Libro de Ezequiel. «Has desalentado al hombre recto con mentiras, cuando yo no deseaba que penara.» Daba la impresión de que el profeta estuviera hablando de Spencer y él. Demostraba que Dios se enfurecía con la gente que hacía daño al prójimo, y él quería que les castigaran.

Ned se había dormido, pero despertó poco después de medianoche con la vívida imagen de la mansión Bedford en su mente. Después de comprar el paquete de acciones, había pasado por delante con Annie algún domingo por la tarde. Ella se había disgustado mucho cuando Ned vendió la casa de Greenwood Lake que su madre le había dejado, y utilizado el dinero para comprar acciones de Gen-stone. No estaba tan convencida como él de que las acciones les hicieran ricos.

—Era la casa de nuestra jubilación —le gritó. A veces, lloraba—. Yo no quiero una mansión. Me gustaba esa casa. Me esforcé mucho por ponerla bonita, y tú ni siquiera me hablaste de que ibas a venderla. ¿Cómo pudiste hacerme eso, Ned?

—El señor Spencer me dijo que no solo estaba ayudando a la gente comprando las acciones, sino que algún día tendría una casa como esta.

Ni siquiera eso había convencido a Annie. Luego, dos semanas antes, cuando el avión de Spencer se había estrellado y había corrido la voz de que la vacuna tenía problemas, ella se volvió loca.

—Estoy de pie ocho horas cada día en el hospital. Dejaste que ese ladrón te convenciera de comprar las acciones falsas, y ahora supongo que tendré que seguir trabajando durante el resto de mis días. —Lloraba con tal sentimiento que apenas podía hablar—. No puedes hacer nada a derechas, Ned. Pierdes un empleo tras otro por culpa de tu maldito carácter. Y cuando por fin tienes algo, te dejas convencer para tirarlo.

Había cogido las llaves del coche y salió como una exhalación. Los neumáticos chirriaban cuando salió con el coche a la calle.

El siguiente instante seguía repitiéndose en la mente de Ned. La imagen del camión de la basura que estaba dando marcha atrás. El chirrido de los frenos. La visión del coche saltando y cayendo al suelo. El depósito de gasolina que estallaba y las llamas que envolvían el coche.

Annie. Muerta.

Se habían conocido en el hospital veinte años antes, cuando él había entrado como paciente. Se había peleado a puñetazos con un individuo en un bar y acabó con una conmoción cerebral. Annie había entrado con sus bandejas y le había reñido por ceder a su temperamento. Era audaz, menuda y autoritaria, pero con gracia. Tenían la misma edad, treinta y ocho años. Habían empezado a salir juntos. Después, ella se fue a vivir con él.

Había venido por la mañana porque de esta manera se sentía más cerca de Annie. Imaginaba que llegaría trotando por el pasillo de un momento a otro y diría que lamentaba llegar tarde, que una de sus compañeras no había aparecido y se había quedado a la hora de comer.

Pero sabía que era una fantasía. Ella nunca volvería.

Con un movimiento brusco y repentino, Ned arrugó el periódico, se levantó, se acercó a un cubo de basura y lo tiró dentro. Se encaminó a la puerta, pero uno de los médicos que cruzaba el vestíbulo lo llamó.

—Ned, no te he visto desde el accidente. Siento lo de Annie. Era una persona maravillosa.

—Gracias. —Entonces, recordó el nombre del médico—. Gracias, doctor Ryan.

—¿Puedo hacer algo por ti?

—No.

Tenía que decir algo. El doctor Ryan le estaba mirando con curiosidad. Quizá sabía que, a instancias de Annie, había venido al hospital para ver a un psiquiatra, el doctor Greene, pero este le había sacado de quicio cuando dijo:

—¿No cree que tendría que haber consultado la venta de la casa con Annie antes de venderla?

La quemadura de la mano le dolía mucho. Cuando tiró la cerilla a la gasolina, el fuego había saltado y quemó su mano. Era la excusa de su presencia en el hospital. Alzó la mano para que el doctor Ryan la viera.

—Me quemé anoche, cuando estaba preparando la cena. No soy un cocinero experto. Hay mucha gente en urgencias y he de ir a trabajar. En cualquier caso, no es tan grave.

El doctor Ryan la examinó.

—Es bastante grave, Ned. Podría infectarse. —Sacó un recetario del bolsillo y escribió en la hoja superior—. Compra esta pomada y te la vas aplicando. Que te echen un vistazo a la mano dentro de un par de días.

Ned le dio las gracias y dio media vuelta. No quería encontrarse con nadie más. Se encaminó de nuevo hacia la puerta, pero se detuvo. Estaban disponiendo cámaras alrededor de la salida principal.

Se puso las gafas de sol antes de entrar en la puerta giratoria detrás de una joven. Entonces, se dio cuenta de que era ella el objetivo de las cámaras.

Se apartó a toda prisa y se deslizó detrás de la gente que estaba a punto de entrar en el hospital, pero se había quedado parada al ver las cámaras. Los desocupados. Los curiosos.

La mujer a la que estaban entrevistando era de pelo oscuro, casi treinta años y atractiva. Le resultó familiar. Después, recordó dónde la había visto. Ayer estaba en la asamblea de accionistas. Había hecho preguntas a la gente cuando salía del salón de actos.

Había intentado hablar con él, pero Ned había pasado de largo. No le gustaba que la gente le hiciera preguntas.

Uno de los reporteros acercó un micrófono a la chica.

—Señorita DeCarlo, Lynn Spencer es su hermana, ¿verdad?

—Hermanastra.

—¿Cómo se encuentra?

—Padece muchos dolores. Sufrió una experiencia terrible. Casi perdió la vida en el incendio.

—¿Tiene alguna idea de quién pudo provocar el incendio? ¿Ha recibido alguna amenaza?

—No hemos hablado de eso.

—¿Cree que fue alguien que perdió dinero cuando invirtió en Gen-stone, señorita DeCarlo?

—No puedo especular al respecto. Solo diré que una persona capaz de quemar a propósito una casa, con el riesgo de que haya alguien dentro durmiendo, es un psicótico o un malvado.

Los ojos de Ned se entornaron, mientras la rabia bullía en su interior. Annie había muerto atrapada en un coche en llamas. Si él no hubiera vendido la casa de Greenwood Lake, habrían estado allí dos semanas antes, cuando ella murió. Annie se habría dedicado a plantar flores, en lugar de salir corriendo de la casa de Yonkers, llorando con tal sentimiento que no había prestado atención al tráfico cuando dio marcha atrás al coche.

Por un breve momento, miró fijamente a la mujer entrevistada. DeCarlo era su apellido, y era la hermana de Lynn Spencer. Yo te enseñaré quién está loco, pensó. Lástima que tu hermana no quedara atrapada en el fuego, como mi mujer quedó atrapada en el coche. Lástima que no estuvieras en casa con ella. Las mataré, Annie, prometió. Las mataré por ti.

4

Volví a casa muy poco complacida con mi actuación durante la inesperada conferencia de prensa. Me gustaba mucho más hacer las preguntas yo. Sin embargo, me daba cuenta de que me gustara o no, iba a ser considerada de ahora en adelante la portavoz y defensora de Lynn. Era un papel que no deseaba, porque no podía interpretarlo con sinceridad. Aún no estaba convencida de que fuera la ingenua y confiada esposa que nunca había intuido que su marido era un estafador.

Pero ¿lo era? Cuando su avión se estrelló, iba camino de una reunión de negocios, en teoría. Cuando subió a aquel avión, ¿todavía creía en Gen-stone? ¿Fue a la muerte convencido de la viabilidad del proyecto?

Esta vez, la autopista Cross Bronx hizo honor a su fama. Un accidente había provocado una retención de tres kilómetros, lo cual me proporcionó mucho tiempo para pensar. Quizá demasiado, porque caí en la cuenta de que, pese a todo lo que habían descubierto sobre Nick Spencer y su empresa durante las últimas semanas, aún faltaba algo. Las piezas no encajaban. Todo era demasiado oportuno. El avión de Nick se estrella. La vacuna se declara fallida, cuando no fracasada por completo. Y millones de dólares desaparecen.

¿Fue el accidente un truco, y Nick estaba ahora en Brasil tomando el sol, tal como Sam había sugerido? ¿O su avión se estrelló en aquella tormenta con él en la cabina? Y en tal caso, ¿dónde estaba todo ese dinero, del cual veinticinco mil dólares eran míos?

«Le gustabas mucho, Carley», había dicho Lynn.

Bien, él también me gustaba a mí. Por eso me gustaría creer que hay otra explicación.

Pasé junto al accidente que había reducido la Cross Bronx a una carretera de un carril. Un camión con remolque había volcado. Habían apartado a un lado cajas de naranjas y pomelos para abrir el único carril. La cabina del camión parecía intacta. Esperé que el conductor hubiera salido ileso.

Me desvié por Harlem River Drive. Estaba ansiosa por llegar a casa. Quería repasar la columna del domingo antes de enviarla por correo electrónico a la oficina. Quería llamar al padre de Lynn y decirle que iba a recuperarse. Quería ver si había algún mensaje en el contestador automático, en especial del director del *Wall Street Weekly*. Dios, cómo me gustaría escribir para esa revista, pensé.

El resto del viaje fue rápido. El problema era que, en mi mente, seguía viendo sinceridad en los ojos de Nick Spencer cuando hablaba de la vacuna. Seguía recordando mi reacción cuando le conocí: qué tipo tan increíble.

¿Era yo parcial, estúpida e ingenua, todo lo que una reportera no debía ser? ¿O existía otra respuesta? Cuando entré en el garaje, comprendí que algo más me estaba molestando. Mi instinto me estaba hablando otra vez. Me estaba diciendo que Lynn estaba mucho más interesada en limpiar su nombre que en averiguar la verdad sobre si su marido seguía vivo.

Había un mensaje en el contestador automático, y era el que yo anhelaba. Por favor, llame al señor Will Kirby, del *Wall Street Weekly*.

Will Kirby es el redactor jefe. Mis dedos corrieron sobre las teclas del teléfono. Me había encontrado con Kirby en algunas reuniones, pero nunca habíamos hablado. Cuando su secretaria me puso con él, mi primer pensamiento fue que su voz hacía juego con su cuerpo. Era un hombretón de unos cincuenta y cinco años, y su voz era profunda y enérgica. Su tono era cálido y agradable, aunque tiene fama de implacable.

No perdió el tiempo en fruslerías.

—Carley, ¿puedes venir a verme mañana por la mañana?

Ya puedes apostar a que sí, pensé.

—Desde luego, señor Kirby.

—¿Te va bien a las diez?

—Por supuesto.

—Muy bien. Hasta mañana.

Clic.

Ya había sido recomendada por dos personas a la revista, de modo que esta entrevista iba a ser decisiva. Mi mente voló a mi ropero. Un traje pantalón sería una elección mejor para una entrevista que una falda. El de rayas grises que había comprado en las rebajas de verano de Escada sería el más apropiado. Pero si hacía frío, como ayer, sería demasiado ligero. En cuyo caso, el azul oscuro sería una elección mejor.

Hacía mucho tiempo que no me sentía aprensiva y ansiosa a la vez. Sabía que, pese a que me encantaba escribir la columna, no era suficiente para mantenerme ocupada. Si se hubiese tratado de una columna diaria, habría sido diferente, pero un suplemento mensual que puedes preparar con suficiente antelación no es un desafío excesivo, una vez aprendes los trucos. Si bien me encargaban de vez en cuando trabajos de *freelance*, que consistían en escribir perfiles de gente relacionada con el mundo financiero para diversas revistas, no era suficiente.

Llamé a Boca. Mi madre se había mudado al apartamento de Robert después de casarse, porque tenía una vista mejor del mar y era más grande que el suyo. Lo que no me gustaba de ese apartamento era que, cuando iba a verles, dormía en la «habitación de Lynn».

Y eso que no pernoctaba allí. Nick y ella se alojaban en la suite del Boca Raton Resort cuando iban de visita. No obstante, el cambio de apartamentos de mi madre significaba que, cuando yo iba a pasar el fin de semana, era muy consciente de que Lynn había amueblado aquella habitación a su gusto antes de casarse con Nick. Yo dormía en su cama, usaba sus sábanas rosa pálido y fundas de almohada con adornos de encaje, me envolvía en su toalla con monograma después de ducharme.

Me habría gustado mucho más dormir en el sofá cama del antiguo apartamento de mi madre. La parte positiva era que mamá era feliz y a mí me caía muy bien Robert Hamilton. Es un hombre tranquilo y agradable, sin la arrogancia que Lynn había exhibido en nuestro primer encuentro. Mamá me dijo que Lynn había intentado colocarle con una de las viudas ricas de la cercana Palm Beach, pero a él no le interesó la perspectiva.

Descolgué el teléfono, pulsé el número uno, y el marcador automático cumplió su misión. Robert contestó. Estaba muy preocupado por Lynn, claro está, y me alegró tranquilizarle cuando le expliqué que saldría del hospital dentro de pocos días.

Pese al hecho de que estaba preocupado por su hija, intuí que algo más le atormentaba. Después, se sinceró.

—Tú conocías a Nick, Carley. No puedo creer que fuera un falsario. Dios mío, me convenció de invertir casi todos mis ahorros en Gen-stone. No habría hecho esto al padre de su mujer de haber sabido que se trataba de una estafa, ¿verdad?

A la mañana siguiente, llegué a la entrevista, me senté ante la mesa de Will Kirby, y mi corazón dio un vuelco cuando dijo:

—Tengo entendido que eres la hermanastra de Lynn Spencer.

—Sí.

—Te vi en el telediario de anoche cuando salías del hospital. La verdad, me preocupó la perspectiva de que no pudieras llevar a cabo el trabajo que tengo en mente, pero Sam me dijo que no estáis muy unidas.

—No. De hecho, me sorprendió que quisiera verme, pero tenía un motivo. Quiere que la gente entienda que ella no participó en la presunta estafa de Nick.

Le conté que Nick había convencido al padre de Lynn de que invirtiera casi todos sus ahorros en Gen-stone.

—Tendría que haber sido un auténtico canalla para engañar a su propio suegro —admitió Kirby.

Después, me dijo que el empleo era mío, y que mi primer encargo consistía en redactar un perfil en profundidad de Nicholas

Spencer. Había entregado ejemplos de perfiles anteriores, y le habían gustado.

—Te integrarás en el equipo. Don Carter se encargará del ángulo comercial. Ken Page es nuestro experto en medicina. Tú te ocuparás de la historia personal. Después, los tres reuniréis en un todo coherente las distintas piezas. Don está concertando citas con el presidente y un par de directores de Gen-stone. Deberías acompañarles.

Había un par de fotocopias de mis columnas sobre la mesa de Kirby. Las señaló con el dedo.

—A propósito, por mí no hay ningún problema si quieres seguir escribiendo la columna. Bien, ve a presentarte a Carter y al doctor Page, y luego pásate por Recursos Humanos para rellenar los formularios habituales.

Una vez terminada la entrevista, extendió la mano hacia el teléfono, pero cuando me levanté, sonrió un momento.

—Me alegro de contar contigo, Carley —dijo—. Piensa en ir a ver el pueblo de Connecticut donde nació Spencer. Me gustó tu forma de abordar los perfiles biográficos en los artículos que me enviaste, eso de ir a hablar con los vecinos del implicado.

—Es Caspien —dije—, un pueblo cercano a Bridgeport.

Pensé en las historias que había leído, sobre cuando Nick Spencer trabajaba codo con codo con su padre en el laboratorio de su casa. Esperaba que, cuando fuera a Caspien, pudiera confirmar al menos que eso era cierto. Y después, me pregunté por qué no podía creer que hubiera muerto.

La respuesta no era difícil de adivinar. Lynn había parecido más preocupada por su propia imagen que por Nicholas Spencer, porque no era una viuda desconsolada. O sabía que no estaba muerto, o le importaba un bledo que lo estuviera. Mi intención era descubrir la verdad.

5

Enseguida me di cuenta de que sería un placer trabajar con Ken Page y Don Carter. Ken es un chicarrón de pelo oscuro y barbilla de bulldog. Fue el primero al que conocí, y estaba empezando a preguntarme si los hombres del *Wall Street Weekly* debían ajustarse a unos mínimos de peso y estatura, cuando llegó Don Carter. Es un hombre menudo y pulcro, de cabello castaño claro y penetrantes ojos color avellana. Calculé que los dos rondarían los cuarenta años.

Apenas había dicho hola a Ken, cuando se excusó y corrió para alcanzar a Carter, al que había divisado en el pasillo. Aproveché el momento para echar un buen vistazo a los títulos que colgaban en la pared, y me quedé impresionada. Ken, aparte de médico, era doctor en biología molecular.

Volvió seguido de Don. Habían confirmado las citas en Gen-stone para las once del día siguiente. El encuentro se celebraría en Pleasantville, que era el cuartel general de la empresa.

—Tienen unas elegantes oficinas en el edificio Chrysler —explicó Don—, pero el verdadero trabajo se hace en Pleasantville.

Íbamos a ver a Charles Wallingford, el presidente de la junta directiva, y al doctor Milo Celtavini, científico investigador a cargo del laboratorio de Gen-stone. Como Ken y Don vivían en el condado de Westchester, decidimos que yo iría por mi cuenta y nos encontraríamos allí.

Bendito fuera Sam Michaelson. Era evidente que me había puesto por las nubes. No cabe duda de que, cuando trabajas en equipo para un proyecto de alta prioridad, es imprescindible la confianza de que se puede trabajar como una unidad sin fisuras. Gracias a Sam, tenía la sensación de que estos tipos confiaban en mí. En esencia, me estaban dando otra «bienvenida a bordo».

En cuanto salí del edificio, llamé a Sam por el móvil y le invité a él y a su mujer a una cena de celebración en Il Mulino, en el Village. Después, corrí a casa, con la idea de prepararme un bocadillo y una taza de té, y comer ante el ordenador. Había recibido una nueva pila de preguntas de los lectores de la columna, y necesitaba clasificarlas. Cuando recibes correo para una columna como la mía, las preguntas tienden a repetirse. Eso significa que hay mucha gente interesada en lo mismo, lo cual es un indicador de qué preguntas debería intentar contestar.

De vez en cuando, invento mis propias preguntas cuando quiero proporcionar una información específica a mis lectores. Es importante que la gente sin experiencia financiera esté al día en temas como refinanciación de hipotecas cuando los tipos de interés son bajos, o evitar la tentación de préstamos «sin intereses».

Cuando hago eso, utilizo las iniciales de mis amigas en dichas cartas, y pongo como ciudad aquella con la que están relacionadas. Mi mejor amiga es Gwen Hawkins. Su padre se crió en Idaho. La semana pasada, la pregunta principal de mi columna giraba en torno a lo que hay que tener en cuenta antes de solicitar una hipoteca de interés variable. Firmé la pregunta como G. H., de Boise, Idaho.

Cuando llegué a casa, comprendí que debería abandonar la idea de trabajar un rato en la columna. En el contestador automático había un mensaje de la oficina del fiscal del distrito. Jason Knowles, un investigador, necesitaba hablar urgentemente conmigo. Había dejado su número, de modo que le devolví la llamada.

Pasé los siguientes cuarenta minutos preguntándome qué información poseía yo tan útil y urgente para un investigador de la oficina del fiscal del distrito. Después, cuando sonó el interfono del vestíbulo, contesté, confirmé que se trataba del señor Knowles, le aconsejé que utilizara la escalera y abrí la puerta.

Al cabo de unos momentos estaba en mi rellano, un hombre de pelo cano y modales corteses y directos. Le invité a sentarse en el sofá. Yo elegí la silla de respaldo alto situada frente al sofá y esperé a que hablara.

Me dio las gracias por recibirle tan deprisa, y luego fue al grano.

—Señorita DeCarlo, el lunes asistió a la asamblea de accionistas de Gen-stone.

No era una pregunta, sino una afirmación. Asentí.

—Tenemos entendido que mucha gente presente en la asamblea expresó un fuerte resentimiento hacia la junta directiva, y que un hombre en especial se enfureció por las declaraciones de Lynn Spencer.

—Eso es cierto.

Estaba segura de que la siguiente verificación sería la de que yo era la hermanastra de Lynn. Me equivoqué.

—Tenemos entendido que usted estaba en el último asiento de una fila reservada para los medios, y de que se encontraba al lado del hombre que apostrofó a la señora Spencer.

—Sí, en efecto.

—También tenemos entendido que usted habló con varios accionistas malhumorados después de la asamblea, y que tomó sus nombres.

—Correcto.

—El hombre que habló de que iba a perder su casa por haber invertido en Gen-stone, ¿conversó con usted?

—No.

—¿Tiene los nombres de los accionistas que hablaron con usted?

—Sí. —Intuí que Jason Knowles estaba esperando una explicación—. Como tal vez sepa, escribo una columna de asesoría financiera, dirigida al consumidor o inversor poco sofisticado. También escribo artículos como *freelance* para algunas revistas. En la asamblea, se me ocurrió que tal vez me interesaría escribir un artículo en profundidad sobre las consecuencias del desastre de Gen-stone, que ha destruido el futuro de tantos pequeños inversores.

—Lo sé, y por eso estoy aquí. Nos gustaría saber los nombres de las personas que hablaron con usted.

Le miré. Parecía una petición razonable, pero creo que experimenté la reacción de todo periodista cuando le piden que revele sus fuentes.

Fue como si Jason Knowles hubiera leído mi mente.

—Señorita DeCarlo, estoy seguro de que comprende por qué le pedimos eso. Su hermana, Lynn Spencer...

—Hermanastra —le interrumpí.

Asintió.

—Hermanastra. Su hermanastra podría haber muerto cuando su casa se quemó la otra noche. En este momento, no tenemos ni idea de si la persona que provocó el incendio sabía que estaba en casa. Y parece razonable suponer que alguno de aquellos accionistas furiosos, incluso desesperados por su situación económica, podría haberlo hecho.

—¿Se da cuenta de que hay cientos de personas, entre accionistas y empleados, que podrían ser responsables del incendio?

—Somos conscientes de eso. ¿Averiguó el nombre del individuo que causó el alboroto, por cierto?

—No. —Pensé en la facilidad con que aquel pobre tipo había pasado de la ira a las lágrimas—. Él no provocó el incendio. Estoy segura.

Jason Knowles enarcó las cejas.

—Está segura de que no lo provocó. ¿Por qué?

Me di cuenta de que sería estúpido decir, «porque lo sé».

—Ese hombre estaba desesperado, pero de una manera diferente. Estaba enfermo de preocupación. Dijo que su hijita se estaba muriendo, y que va a perder la casa.

Fue evidente que Jason Knowles se llevó una decepción cuando fui incapaz de identificar al hombre que estaba tan furioso en la asamblea, pero aún no había terminado conmigo.

—¿Tiene los nombres de las personas que hablaron con usted, señorita DeCarlo?

Vacilé.

—Señorita DeCarlo, presencié su entrevista en el hospital. Afirmó que quien hubiera provocado el incendio era un psicótico o un malvado.

Tenía razón. Accedí a darle los nombres y los números de teléfono que había apuntado en la asamblea.

Una vez más, dio la impresión de que leía mis pensamientos.

—Señorita DeCarlo, cuando llamemos a esta gente solo queremos decirles que estamos hablando con todo el mundo que asistió a la asamblea de accionistas, lo cual le aseguro que es cierto. Muchos de los presentes habían devuelto la postal enviada por la empresa, indicando que pensaban asistir. Todas las personas que devolvieron la postal serán visitadas. El problema es que no todos los asistentes se molestaron en devolver la postal.

—Entiendo.

—¿Cómo encontró a su hermanastra, señorita DeCarlo?

Esperé que aquel hombre tan observador no percibiera mi momento de vacilación.

—Ya vio la entrevista —dije—. Encontré a Lynn presa de fuertes dolores, y perpleja por lo ocurrido. Me dijo que no tenía ni idea de que su marido estuviera haciendo algo ilegal. Jura que, por lo que ella sabía, Spencer estaba convencido de que la vacuna de Gen-stone era un fármaco milagroso.

—¿Piensa que el accidente de avión fue un montaje?

Jason Knowles me disparó la pregunta a bocajarro.

—De ninguna manera. —Y ahora, mientras repetía las palabras de Lynn, me pregunté si sonaban convincentes o no—. Insiste en que desea y necesita averiguar toda la verdad.

6

A las once de la mañana siguiente entré en el aparcamiento de visitantes de Gen-stone en Pleasantville, Nueva York. Pleasantville es una agradable población de Westchester que se hizo famosa hace años cuando *Reader's Digest* abrió en ella su sede internacional.

Gen-stone se encuentra a un kilómetro y medio de la propiedad *Digest*. Era otro hermoso día de abril. Mientras caminaba por el sendero en dirección al edificio, me vino a la memoria un verso de un poema que me había gustado mucho en la infancia: «Oh, estar en Inglaterra ahora que ha llegado la primavera». No conseguí recordar el nombre del famoso poeta.* Supuse que algún día me despertaría a las tres de la mañana y me vendría a la cabeza.

Había un guardia de seguridad ante la entrada principal. Aun así, tuve que oprimir un botón y anunciarme antes de que la recepcionista me admitiera.

Había llegado con un cuarto de hora de adelanto, lo cual era muy conveniente. Es mucho mejor relajarse antes de una reunión, que llegar tarde, nervioso y pidiendo disculpas. Dije a la recepcionista que estaba esperando a mis compañeros y me senté.

Anoche, después de cenar, había entrado en internet para averiguar algo más sobre los hombres que íbamos a ver, Charles Wallingford y el doctor Milo Celtavini. Averigüé que Charles Wallingford había sido el sexto miembro de su familia en presidir la

---

* Robert Browning. *(N. del T.)*

cadena Wallingford de fábricas de muebles de primera calidad. Fundado por su tatarabuelo, el diminuto almacén de Delancey Street había crecido, se había trasladado a la Quinta Avenida y expandido hasta que Wallingford's se convirtió en una marca famosa.

Charles no maniobró con pericia ante la embestida de las cadenas de muebles baratos y el declive de la economía cuando tomó las riendas de la empresa. Había añadido una línea de muebles mucho más barata a su producción, lo cual cambió la imagen de Wallingford's; además cerró varias tiendas, reconfiguró las restantes y aceptó al final una oferta de compra de una empresa inglesa. Eso había ocurrido hacía diez años.

Dos años después, Wallingford conoció a Nicholas Spencer, quien en aquel tiempo se estaba esforzando en fundar una nueva empresa, Gen-stone. Wallingford invirtió una suma considerable en Gen-stone y aceptó el cargo de presidente de la junta.

Me pregunté si estaba arrepentido de haberse deshecho de los muebles.

El doctor Milo Celtavini fue a la universidad y a la escuela universitaria de graduados en Italia, llevó a cabo investigaciones en inmunobiología casi toda su vida, y después aceptó la invitación de sumarse al equipo investigador de Sloan-Kettering en Nueva York. Al cabo de poco tiempo, lo dejó para encargarse del laboratorio de Gen-stone, porque estaba convencido de que se hallaban en el buen camino para alcanzar un logro revolucionario en medicina.

Ken y Don llegaron cuando estaba doblando mis notas. La recepcionista tomó sus nombres, y pocos minutos después nos acompañaron al despacho de Charles Wallingford.

Estaba sentado tras un escritorio de caoba del siglo XVIII. La alfombra persa que cubría el suelo se había desteñido lo suficiente para aportar un suave brillo a los tonos rojos, azules y dorados del dibujo. Un sofá de piel y varias butacas a juego se hallaban agrupados a la izquierda de la puerta. Las paredes estaban chapadas en nogal. Las estrechas colgaduras eran de un azul intenso, y enmarcaban más que cubrían las ventanas. Como resultado, la habitación gozaba de luz natural, y los hermosos jardines exteriores constituían una obra de arte viviente. Era el despacho de un hombre de gusto impecable.

Lo cual confirmaba la impresión que me había causado Wallingford en la asamblea de accionistas celebrada el lunes. Si bien era patente que se encontraba sometido a una gran tensión, se había comportado con dignidad cuando le abuchearon. Se levantó para saludarnos con una sonrisa cordial.

—Creo que estarán más cómodos aquí —dijo, después de presentarnos, y señaló la zona de estar. Yo me senté en el sofá, y Don Carter a mi lado. Ken ocupó una butaca, y Wallingford se sentó en el borde del asiento de otra, con los codos posados sobre los apoyabrazos.

Como experto financiero del grupo, Don dio las gracias a Wallingford por acceder a la entrevista, y después lanzó una serie de preguntas bastante duras, incluyendo cuánto dinero podía haber desaparecido sin que Wallingford y la junta directiva se hubieran dado cuenta.

Según Wallingford, todo se remontaba al momento en que, después de que Garner Pharmaceuticals decidiera invertir en Gen-stone, se sintieron alarmados por los continuos resultados decepcionantes de los experimentos. Spencer había estado saqueando los ingresos de su división de productos médicos durante años. Al comprender que la FDA nunca aprobaría la vacuna, y ya no podría retrasar más el descubrimiento de su robo, decidió desaparecer.

—Es evidente que el destino intervino —dijo Wallingford—. Camino de Puerto Rico, el avión de Nick se estrelló durante esa repentina tormenta.

—Señor Wallingford, ¿cree que Nicholas Spencer le invitó a unirse a la empresa como presidente de la junta por su experiencia inversora, o por su agudeza para los negocios? —preguntó Don.

—Supongo que la respuesta es que Nick me invitó por ambas razones.

—Si me permite que se lo diga, señor, no todo el mundo estaba impresionado por la forma en que había manejado su negocio anterior.

Don empezó a leer extractos de artículos de algunas publicaciones económicas, los cuales parecían sugerir que Wallingford había arruinado el negocio familiar.

Wallingford contraatacó diciendo que las ventas al por menor de muebles habían ido descendiendo inexorablemente, los problemas laborales y de entrega de mercancías habían aumentado, y si hubiera esperado, la empresa habría acabado en bancarrota. Señaló uno de los artículos que Carter sostenía.

—Puedo citar una docena de artículos escritos por ese tipo que demuestran lo buen gurú que es —dijo con sarcasmo.

La insinuación de que no había sabido administrar bien el patrimonio familiar no pareció perturbar a Wallingford. Gracias a mis propias investigaciones había averiguado que contaba cuarenta y nueve años, tenía dos hijos adultos y llevaba divorciado diez años. Solo cuando Carter preguntó si era cierto que estaba enemistado con sus hijos, la mandíbula del hombre se tensó.

—Por más que lo lamente, han surgido algunas dificultades —dijo—. Y para evitar cualquier malentendido, les contaré sus motivos. Mis hijos no querían que vendiera la empresa. No eran realistas en lo tocante a su futuro potencial. Tampoco querían que invirtiera la mayoría de los beneficios de la venta en esta empresa. Por desgracia, resulta que tenían razón.

Explicó cómo se había asociado con Nicholas Spencer.

—Era de dominio público que yo andaba buscando una buena oportunidad de invertir. Una empresa de fusiones y adquisiciones sugirió que pensara en hacer una modesta inversión en Gen-stone. Conocí a Nicholas Spencer y me llevé una grata impresión, una reacción habitual, como ya saben. Me pidió que hablara con varios microbiólogos importantes, todos los cuales contaban con credenciales impecables, y me dijeron que, en su opinión, Spencer estaba impulsando investigaciones para encontrar una vacuna que previniera el cáncer y detuviera su crecimiento.

»Intuí las posibilidades de Gen-stone. Después, Nick me preguntó si me gustaría ser el presidente de la junta directiva y copresidente de la empresa. Mi función sería dirigir la empresa. Él sería el responsable de la investigación y la cara pública de la compañía.

—Para atraer a otros inversores —sugirió Don.

Wallingford sonrió con tristeza.

—Era bueno en eso. Mi modesta inversión se convirtió en un compromiso casi total de mis bienes. Nick viajaba a Italia y Suiza con regularidad. Alardeaba de que sus conocimientos científicos rivalizaban o superaban a los de muchos biólogos moleculares.

—¿Eso era cierto? —preguntó Don.

Wallingford meneó la cabeza.

—Es listo, pero no tanto.

A mí me había engañado, desde luego, pensé, y recordé que Nick Spencer había exudado confianza cuando me habló de la vacuna que estaba desarrollando.

Comprendí en qué dirección apuntaba Don Carter. Creía que Charles Wallingford había arruinado su negocio familiar, pero Nick Spencer había decidido que era la imagen perfecta para su empresa. Hablaba como un WASP,* y encima lo parecía, y sería fácil manipularle. La siguiente pregunta de Don confirmó mi análisis.

—Señor Wallingford, ¿no diría usted que su junta directiva constituye una combinación irregular?

—No estoy seguro de comprenderle.

—Todos los miembros proceden de familias riquísimas, pero ninguno tiene experiencia real en los negocios.

—Son gente que yo conocía bien y que están en las juntas de sus propias empresas.

—Lo cual no demuestra necesariamente que posean el olfato comercial para estar en la junta directiva de una empresa como esta.

—No encontrará un grupo de personas más inteligente ni honorable en ninguna parte —dijo Wallingford, en un tono de repente gélido, con el rostro congestionado.

* *White Anglo-Saxon Protestant:* «blanco, anglosajón y protestante». *(N. del T.)*

Creo que estaba a punto de echarnos a patadas, cuando se oyó un golpe en la puerta y entró el doctor Celtavini.

Era un hombre no muy alto, de aspecto conservador, cercano a los setenta años, y de leve acento italiano. Nos dijo que, cuando había aceptado dirigir el laboratorio de Gen-stone, creía a pies juntillas en la posibilidad de desarrollar una vacuna que previniera el cáncer. Al principio, había obtenido resultados prometedores con crías de ratones que tenían células cancerígenas genéticas, pero luego surgieron problemas. Había sido incapaz de repetir los resultados iniciales. Serían necesarios ensayos exhaustivos y mucho trabajo antes de extraer conclusiones.

—Los descubrimientos llegarán con el tiempo —dijo—. Hay mucha gente que se dedica a esta especialidad.

—¿Qué opina de Nicholas Spencer? —preguntó Ken Page.

El rostro del doctor Celtavini palideció.

—Me jugué una reputación impecable de cuarenta años en mi especialidad cuando vine a Gen-stone. Ahora me siento implicado en el fracaso de esta empresa. La respuesta a su pregunta: desprecio a Nicholas Spencer.

Cuando Ken volvió al laboratorio con el doctor Celtavini, Don y yo nos marchamos. Don estaba citado con los auditores de Gen-stone en Manhattan. Le dije que nos reuniríamos después en la oficina, y que pensaba ir en coche por la mañana a Caspien, el pueblo de Connecticut donde se había criado Nicholas Spencer. Convinimos en redactar el artículo juntos mientras fuera noticia de actualidad, y que debíamos proceder con celeridad.

Esa circunstancia no me impidió desviarme hacia el norte, en lugar de hacia el sur. Una curiosidad imposible de resistir me empujaba a ir a Bedford, y comprobar por mí misma la magnitud del incendio que casi se había cobrado la vida de Lynn.

7

Ned sabía que el doctor Ryan le había mirado de una manera rara cuando se había topado con él en el hospital. Por eso tenía miedo de volver. Pero tenía que volver. Tenía que entrar en la habitación de Lynn Spencer.

Si lo conseguía, quizá no seguiría viendo la cara de Annie cuando el coche ardía y no podía salir. Necesitaba ver la misma expresión en la cara de Lynn Spencer.

La entrevista con su hermana o hermanastra había sido retransmitida a las seis, y luego en el telediario de las once de anteayer. «Lynn sufre grandes dolores», había dicho, con voz muy apenada. «Sientan pena por ella», era lo que quería decir. No es culpa de ella que tu mujer haya muerto. Ella y su marido solo querían estafarte. Era su única intención.

Annie. Cuando conseguía dormir, siempre soñaba con ella. A veces, eran sueños bonitos. Estaban en Greenwood Lake, quince años antes. Nunca iban en vida de su madre. A mamá no le gustaban las visitas. Pero cuando murió, la casa pasó a ser de él, y Annie se alegró mucho. «Nunca he tenido una casa propia. Voy a dejarla tan bonita que no te lo vas a creer. Ya verás, Ned.»

Y la había dejado muy bonita. Era pequeña, solo cuatro habitaciones, pero con los años había ahorrado suficiente dinero para comprar armaritos nuevos para la cocina, y para contratar a un carpintero que los colocara. Al año siguiente había ahorrado lo bastante para instalar en el cuarto de baño un lavabo y un inodoro nuevos. Le había persuadido de que arrancara el papel de las paredes, y juntos habían pintado la casa por dentro y por fuera. Compraron ventanas del sujeto que siempre proclamaba en la CBS lo baratas que eran sus ventanas. Y Annie tenía su jardín, su precioso jardín.

Seguía pensando en ellos dos trabajando juntos, pintando. Soñaba que Annie colgaba las cortinas, retrocedía y decía que eran muy bonitas.

Seguía pensando en los fines de semana. Iban todos los fines de semana, desde mayo hasta finales de octubre. Solo tenían un par de estufas eléctricas para calentar la casa, y en invierno gastaban mucho. Annie había pensado que, cuando se jubilara del hospital, instalarían calefacción central para poder vivir todo el año.

Él había vendido la casa a su nuevo vecino el pasado octubre. El vecino quería más terreno. No había pagado gran cosa por ella, porque con el nuevo ordenamiento municipal no se consideraba terreno urbanizable, pero a Ned no le importó. Sabía que lo que invirtiera en Gen-stone le reportaría una fortuna. Nicholas Spencer lo había prometido cuando habló a Ned de la vacuna. Cuando Ned estaba trabajando para el diseñador de jardines en la propiedad de Bedford, había conocido a Spencer.

No había contado a Annie que iba a vender la casa. No quería que le disuadiera de su propósito. Luego, un agradable sábado de febrero, cuando él estaba trabajando, Annie decidió acercarse a Greenwood Lake, y la casa ya no estaba. Volvió al piso y le golpeó el pecho con los puños; aunque él la había llevado a Bedford para que viera la mansión que le iba a comprar, no había calmado su ira.

Ned lamentaba que Nicholas Spencer hubiera muerto. Le habría gustado matarle con sus propias manos, pensó. Si no le hubiera escuchado, Annie aún estaría conmigo.

La última noche, insomne, había tenido una visión de Annie. Le decía que fuera al hospital y viera al doctor Greene. «Necesitas medicación, Ned —dijo—. El doctor Greene te medicará.»

Si concertaba una cita con el doctor Greene, podría ir al hospital, y nadie consideraría raro verle allí. Averiguaría dónde estaba Lynn Spencer y entraría en su habitación. Y antes de matarla, le contaría lo que había sufrido Annie.

8

Aquel día no tenía la intención de ir a ver a Lynn, pero después de pasar por delante de la ruina que había sido su casa de Bedford, me di cuenta de que me encontraba a diez minutos del hospital. Decidí acercarme. Seré sincera: había visto fotos de aquella hermosa casa, y ahora, al contemplar los restos carbonizados, me di cuenta de lo afortunada que había sido Lynn al sobrevivir. Aquella noche había otros dos coches en el garaje. Si el bombero no se hubiera fijado en el Fiat rojo que Lynn solía utilizar y preguntado por él, ella estaría muerta ahora.

Había tenido suerte. Más suerte que su marido, pensé mientras entraba en el aparcamiento del hospital. Estaba segura de que hoy no tendría que preocuparme por toparme con cámaras. En este mundo acelerado, el roce con la muerte de Lynn ya era una noticia antigua, solo interesante si alguien era detenido por provocar el incendio, o si descubrían que Lynn era cómplice en la estafa de Gen-stone.

Después de entregarme el pase de visitante, me dirigieron a la última planta. Cuando salí del ascensor, comprendí que era para pacientes ricos. El pasillo estaba alfombrado, y la habitación desocupada frente a la que pasé habría podido pertenecer a un hotel de cinco estrellas.

Se me ocurrió que tendría que haber llamado antes. Mi imagen mental de Lynn era la que había visto dos días antes, con tubos de oxígeno en la nariz, los pies y las manos vendados, patéticamente agradecida de verme.

La puerta de su habitación estaba entreabierta, y cuando me asomé, vacilé antes de entrar porque estaba hablando por teléfono. Se hallaba reclinada en un diván junto a la ventana, y el cambio sufrido en su apariencia era radical. Los tubos de oxígeno habían desaparecido. Los vendajes en las palmas de sus manos eran mucho más pequeños. Una bata de raso verde pálido había sustituido al camisón del hospital que usaba el martes. Ya no llevaba el pelo suelto, sino recogido en un moño.

—Yo también te quiero —oí que decía.

Debió intuir mi presencia, porque se volvió en cuanto cerró su móvil. ¿Qué vi en su cara? ¿Sorpresa? ¿O por un instante pareció irritada, incluso alarmada?

Pero su sonrisa fue de bienvenida y su voz cálida.

—Carley, me alegro de que hayas venido. Estaba hablando con papá. No puedo convencerle de que me encuentro bien.

Me acerqué a ella, y al recordar que no debía tocarle la mano, le di una palmada desmañada en la espalda y me senté en el confidente de cara a ella. Había flores en la mesa de al lado, flores en la mesita de noche. No eran los típicos ramos que se compran en el vestíbulo del hospital. Como todo lo relacionado con Lynn, eran caros.

Me irrité conmigo misma por sentirme al instante en desventaja, como si esperara que ella estableciera la pauta. En nuestro primer encuentro en Florida, se había mostrado displicente. Dos días antes, había parecido vulnerable. ¿Y hoy?

—Carley, no sé cómo darte las gracias por la forma en que hablaste de mí cuando te entrevistaron el otro día —dijo.

—Solo dije que tenías suerte de estar viva y que padecías dolores.

—Lo único que sé es que he recibido llamadas de amigos que habían dejado de dirigirme la palabra después de averiguar lo que había hecho Nick. Te vieron, y supongo que se dieron cuenta de que soy tan víctima como ellos.

—Lynn, ¿qué opinas ahora de tu marido?

Era una pregunta que debía hacer, y comprendí que había venido para eso.

Lynn desvió la vista. Su boca se tensó. Enlazó las manos, luego se encogió y las apartó.

—Todo ha sucedido muy deprisa, Carley. El accidente de avión. No podía creer que Nick hubiera muerto. Amaba tanto la vida. Tú le conocías, y creo que lo intuías. Yo creía en él. Le consideraba un hombre con una misión. Decía cosas como, «Lynn, voy a derrotar a la célula cancerígena, pero eso solo es el principio. Cuando veo críos que nacieron sordos, mudos, retrasados mentales o con espina bífida, y soy consciente de lo cerca que estamos de prevenir esos defectos de nacimiento, me enloquece la idea de que aún no hayamos encontrado esa vacuna».

Solo me había encontrado con Nicholas Spencer una vez, pero le había visto entrevistado en televisión en numerosas ocasiones. De forma consciente o inconsciente, Lynn se había contagiado un poco de su forma de hablar, de aquella pasión que tanto me había impresionado.

Se encogió de hombros.

—Ahora, solo puedo preguntarme si toda mi vida con él fue una mentira. ¿Me buscó y se casó conmigo porque le proporcionaba acceso a gente que, de otra manera, no habría conocido?

—¿Cómo le conociste? —pregunté.

—Vino a la firma de relaciones públicas donde yo trabajaba, hará unos siete años. Solo nos ocupamos de clientes muy importantes. Quería empezar a hacer publicidad de su empresa y correr la voz de la vacuna que estaban desarrollando. Después, empezó a pedirme que saliéramos juntos. Yo sabía que me parecía a su primera esposa. No sé qué fue. Mi propio padre perdió el dinero de su jubilación porque confiaba en Nick. Si engañó de forma deliberada a papá, al igual que a tanta gente, el hombre al que amaba nunca existió.

Vaciló, y luego continuó.

—Dos miembros de la junta vinieron a verme ayer. Cuantas más cosas averiguo, más creo que Nick era un falsario absoluto.

Decidí que era necesario decirle que escribiría un artículo en profundidad sobre él para el *Wall Street Weekly*.

—Será un artículo desmitificador... —dije.

—El mito ya ha caído.

Sonó el teléfono de la mesita de noche. Lo descolgué y entregué a Lynn. Escuchó y suspiró.

—Sí, pueden subir. —Me devolvió el auricular—. Dos personas del departamento de policía de Bedford quieren hablar conmigo del incendio. No voy a retenerte más, Carley.

Me habría gustado mucho asistir al encuentro, pero me habían despedido. Colgué el teléfono, recogí mi bolso, y luego se me ocurrió algo.

—Lynn, mañana voy a Caspien.

—¿A Caspien?

—La ciudad donde Nick se crió. ¿Hay alguien que me aconsejes ver? O sea, ¿Nick habló alguna vez de amigos íntimos?

Reflexionó un momento sobre mi pregunta, y luego negó con la cabeza.

—No que yo recuerde.

De pronto, desvió la vista y lanzó una exclamación ahogada. Me volví para ver lo que la había sobresaltado.

Había un hombre en la puerta, con una mano dentro de la chaqueta, la otra en el bolsillo. Se estaba quedando calvo, y tenía la tez cetrina y los pómulos hundidos. Me pregunté si estaba enfermo. Nos miró a las dos, y después desvió los ojos hacia el pasillo.

—Lo siento. Creo que me he equivocado de piso.

Se fue, murmurando aquella disculpa.

Un momento después, dos policías uniformados le sustituyeron en la puerta de la habitación, y yo me marché.

9

Camino de casa, oí por la radio que la policía estaba interrogando a un sospechoso del incendio de la casa de Bedford perteneciente a Nicholas Spencer, descrito, para variar, como el desaparecido o fallecido director general de Gen-stone.

Para mi decepción, oí que el sospechoso se trataba del hombre que había tenido el exabrupto emocional en la asamblea de accionistas del lunes por la tarde, celebrada en el hotel Grand Hyatt de Manhattan. Era Marty Bikorsky, de treinta y seis años, residente en White Plains, Nueva York, que trabajaba en la gasolinera de Mount Kisco, el pueblo vecino a Bedford. El martes por la tarde había sido tratado en el hospital de St. Ann por una quemadura en la mano derecha.

Bikorsky afirmaba que la noche del incendio había trabajado hasta las once de la noche, fue a tomar un par de cervezas con unos amigos y regresó a casa a las doce y media. Bajo interrogatorio, admitió que en el bar había despotricado sobre la mansión de los Spencer en Bedford y afirmó que por dos céntimos la habría quemado.

Su esposa corroboró el testimonio sobre la hora en que había llegado a casa para acostarse, pero también admitió que a las tres, cuando se despertó, no estaba. También dijo que no le había sorprendido su ausencia, porque padecía insomnio, y a veces, en plena noche, se ponía una chaqueta sobre el pijama y salía al porche posterior para fumar. Volvió a dormir y no se despertó hasta las siete. Él ya estaba en la cocina, con la mano quemada. Dijo que había ocurrido cuando acercó la mano a la llama del quemador, mientras estaba limpiando cacao desparramado.

Yo había dicho al investigador de la oficina del fiscal del distrito, Jason Knowles, que no creía que el hombre llamado Marty Bikorsky, como ahora sabía, tuviera algo que ver con el incendio, que se le veía más preocupado que ansioso de venganza. Me pregunté si estaba perdiendo el instinto esencial para cualquiera que trabajara en el campo de la información. Después, decidí que pese a las circunstancias en su contra, seguía sin creer que Bikorsky lo hubiera hecho.

Mientras conducía, me di cuenta de que algo estaba atormentando mi inconsciente. Entonces, lo localicé: el rostro del hombre que había aparecido un momento en la puerta de la habitación de Lynn. Sabía que le había visto antes. El martes, estaba en la puerta del hospital cuando me entrevistaban.

Pobre tipo, pensé. Parecía derrotado. Me pregunté si tenía algún familiar ingresado en el hospital.

Aquella noche fui a cenar con Gwen Hawkins en Neary's, en la calle Cincuenta y siete Este. Vivía cerca de mí, en Ridgewood, cuando éramos adolescentes. Fuimos juntas a la escuela primaria y al instituto. En lo que respecta a la universidad, ella fue al sur, a Georgetown, y yo al norte, al Boston College, pero hicimos semestres en Londres y Florencia juntas. Fue mi dama de honor cuando me casé con el tontolaba del siglo, y fue ella quien me obligó a salir después de que el niño muriera y el imbécil se largara a California.

Gwen es una pelirroja alta y espigada, que utiliza por lo general tacones altos. Cuando estamos juntas, estoy segura de que componemos una extraña pareja. Soy soltera por cortesía de un decreto que dice que lo que Dios ha unido, el estado de Nueva York lo puede separar. Ha salido con un par de tipos con los que pudo casarse, pero ninguno consiguió que se pasara la vida con el móvil pegado a la oreja para no perderse su llamada, dice. Su madre, como la mía, le asegura que algún día conocerá al hombre perfecto. Gwen es abogada de una de las compañías farmacéuticas más importantes, y cuando la llamé y propuse cenar en Neary's, tenía dos motivos para desear verla.

La primera es que siempre nos lo pasamos estupendamente juntas, por supuesto. La segunda es que deseaba saber su opinión sobre Gen-stone y lo que decía al respecto la gente de la industria farmacéutica.

Como siempre, Neary's estaba a tope. Es un hogar lejos del hogar para mucha gente. Nunca sabes qué celebridad o político puede ocupar una de las mesas del rincón.

Jimmy Neary pasó por nuestra mesa un momento y mientras Gwen bebía vino tinto, le hablé de mi nuevo trabajo.

—Nick Spencer se dejaba caer por aquí de vez en cuando —dijo—. Yo le había colgado la etiqueta de hombre honrado a carta cabal. Lo cual demuestra que nunca puedes estar seguro de nadie. —Señaló con la cabeza a dos hombres que estaban de pie en la barra—. Esos tipos perdieron dinero en Gen-stone, y yo sé que no se lo pueden permitir. Los dos tienen hijos en la universidad.

Gwen pidió pargo. Yo me decanté por mi plato favorito, un pepito de ternera y patatas fritas. Nos pusimos a hablar.

—Yo invito, Gwen —dije—. Necesito tu cerebro. ¿Cómo pudo conseguir tanta pasta Nick Spencer para su vacuna si es un fraude?

Gwen se encogió de hombros. Es una buena abogada, lo cual significa que nunca da una respuesta directa a una pregunta.

—Carley, cada día se producen valiosos descubrimientos en el campo de los fármacos. Compáralo con el transporte. Hasta el siglo XIX, la gente iba en carruajes, diligencias o a caballo. El tren y el automóvil fueron los grandes inventos que movieron el mundo con más rapidez. En el siglo XX tuvimos aeroplanos, luego aviones a reacción, después aviones supersónicos, y después naves espaciales. Ese tipo de aceleración y progreso también se está dando en los laboratorios médicos. Piénsalo. La aspirina se descubrió a finales del siglo XIX. Antes de eso, hacían sangrías a la gente para bajar la fiebre. La viruela. Esa vacuna solo tiene ochenta años de antigüedad, y erradicó la enfermedad en todas partes.

Hace tan solo cincuenta años, hubo una epidemia de polio. Las vacunas se encargaron de ella. Podría continuar indefinidamente.

—¿El ADN?

—Exacto. Y no olvides que el ADN ha revolucionado el sistema legal tanto como la prevención de enfermedades hereditarias.

Pensé en los prisioneros que liberaban del pasillo de la muerte porque su ADN había demostrado que no habían cometido el crimen.

Gwen todavía no había terminado.

—Recuerda todos los libros en que secuestraban a un niño, y treinta años después un adulto aparecía en la puerta de la casa y decía «He vuelto, mamá». Hoy ya no es cuestión de que alguien se parezca a otra persona. La prueba del ADN tiene la última palabra.

Nuestra cena llegó. Gwen dio un par de bocados, y luego continuó.

—Carley, no sé si Nick Spencer era un charlatán o un genio. Tengo entendido que los primeros resultados de su vacuna contra el cáncer, tal como informaron en las revistas médicas, parecían muy alentadores, pero desengáñate: al final, no pudieron verificar los resultados. Luego, Spencer desaparece y resulta que ha saqueado la empresa.

—¿Le conociste? —pregunté.

—En un grupo numeroso, en algún seminario médico. Un tipo muy impresionante, pero ¿sabes una cosa, Carley? Sabiendo lo mucho que robó a gente que no podía permitirse perder ese dinero, y aún peor, cómo destrozó las esperanzas de gente desesperada por la vacuna que prometía, no siento la menor compasión por él. Su avión se estrelló. Por lo que a mí respecta, recibió su merecido.

10

Connecticut es un estado hermoso. Los primos de mi padre vivían allí cuando yo era pequeña, y cuando íbamos a verles, pensaba que todo el estado era como Darien; pero como cualquier otro estado, Connecticut tiene sus modestos pueblos de clase trabajadora, y a la mañana siguiente, cuando llegué a Caspien, un pueblecito situado a quince kilómetros de Bridgeport, eso fue lo que encontré.

El viaje duró menos de una hora y media. Salí de mi garaje a las nueve y dejé atrás el cartel de BIENVENIDOS A CASPIEN a las diez y veinte. El cartel era de madera tallada con la imagen de un soldado revolucionario que sostenía un mosquete.

Recorrí las calles arriba y abajo para respirar el ambiente del lugar. La mayoría de las casas eran estilo Cape Cod y de pisos a desnivel, al gusto de los años cincuenta. Muchas habían sido ampliadas, y saltaban a la vista aquellas en que una nueva generación había sustituido a los propietarios originales, los veteranos de la Segunda Guerra Mundial. Se veían bicicletas y monopatines en garajes abiertos o apoyados cerca de puertas laterales. El mayor porcentaje de vehículos aparcados en los caminos de entrada o en las calles correspondía a 4 × 4 o sedanes espaciosos.

Era un pueblo familiar. Casi todas las casas estaban bien conservadas. Como en todos los lugares habitados por gente, había una parte en que las casas eran más grandes, y también las parcelas. Pero no había mansiones en Caspien. Decidí que cuando la gente empezaba a ganar mucho dinero, ponían el cartel de EN

VENTA y se trasladaban a un enclave más codiciado, como Greenwich, Westport o Darien.

Bajé poco a poco por la Calle Mayor, el centro de Caspien. Con cuatro manzanas de longitud, albergaba la habitual mezcla de establecimientos comerciales de los pueblos: Gap, J. Crew, Pottery Barn, un almacén de muebles, una oficina de correos, un salón de belleza, una pizzería, algunos restaurantes, una agencia de seguros. Atravesé un par de cruces. En Elm Street pasé ante una funeraria y una galería comercial que albergaba un supermercado, una tintorería, una licorería y un videoclub. En Hickory Street encontré un restaurante, y al lado, un edificio de dos pisos con un letrero que rezaba CASPIEN TOWN JOURNAL.

Mediante el plano averigüé que el hogar de la familia Spencer se encontraba localizado en el 71 de Winslow Terrace, una avenida que nacía al final de la Calle Mayor. En dicha dirección descubrí una casa espaciosa con un porche, el tipo de casa de principios del siglo XX donde yo nací. Había un letrero fuera que anunciaba a PHILIP BRODERICK, MÉDICO. Me pregunté si el doctor Broderick vivía en el piso de arriba, donde había habitado la familia Spencer.

En una entrevista, Nicholas Spencer había pintado un vivo retrato de su familia: «Sabía que no podía interrumpir a mi padre cuando tenía pacientes, pero el solo hecho de saber que estaba abajo, a un minuto de distancia, me hacía sentir muy bien».

Mi intención era visitar al doctor Philip Broderick, pero todavía no. Volví al edificio que alojaba al *Caspien Town Journal*, aparqué en el bordillo y entré.

La corpulenta mujer de la recepción estaba tan absorta en internet que levantó la vista, sobresaltada, cuando la puerta se abrió, pero adoptó de inmediato una expresión agradable. Me dedicó un alegre «buenos días» y preguntó en qué podía ayudarme. Unas gafas grandes sin montura aumentaban el tamaño de sus ojos azules.

Había decidido que, en lugar de presentarme como reportera del *Wall Street Weekly*, me limitaría a pedir ejemplares recientes del periódico. El avión de Spencer se había estrellado casi tres semanas antes. El escándalo del dinero desaparecido y la vacuna tenía dos semanas de antigüedad. Sospechaba que este diario habría cubierto ambas historias en profundidad.

La mujer demostró una asombrosa falta de curiosidad por mi presencia. Desapareció por el pasillo y volvió con ejemplares de las ediciones de las últimas semanas. Los pagué (un total de 3 dólares), los apreté bajo el brazo y me encaminé al restaurante de al lado. Mi desayuno había consistido en medio muffin y una taza de café instantáneo. Decidí que un bagel y un café de verdad constituirían una excelente «pausa de las once», como mis amigos ingleses llamaban a su té o café de media mañana.

El restaurante era pequeño y acogedor, uno de esos lugares con cortinas a cuadros y platos con dibujos de gallinas y sus polluelos colgados en la pared de detrás de la barra. Dos hombres de unos setenta años se disponían a marchar. La camarera, un diminuto manojo de energía, se estaba llevando sus tazas vacías.

Alzó la vista cuando la puerta se abrió.

—Elija la mesa que más le guste —dijo sonriente—. Este, oeste, norte o sur.

La placa de su uniforme anunciaba LLÁMEME MILLY. Calculé que tendría la edad de mi madre, pero al contrario que mi madre, el pelo de Milly era de un rojo feroz.

Elegí el reservado redondeado del rincón, donde podría desplegar los periódicos. Antes de que me acomodara, Milly ya estaba a mi lado, libreta en ristre. Momentos después, tenía ante mí el bagel y el café.

El avión de Spencer se había estrellado el 4 de abril. El periódico más antiguo que había comprado databa del 9 de abril. La portada consistía en una fotografía de él. El titular decía: «Se teme por la vida de Nicholas Spencer».

El artículo era una oda a la memoria de un chico de pueblo que había triunfado. La foto era reciente. Había sido tomada el 15 de febrero, cuando Spencer recibió el primer «Premio al Ciudadano Distinguido» que concedía la población. Efectué algunos cálculos. Del 15 de febrero al 4 de abril. En el momento de recibir el premio, le quedaban cuarenta y siete días de vida. A menudo me he preguntado si la gente intuye que su tiempo está acabando. Creo que en el caso de mi padre esto fue cierto. Salió a pasear aquella mañana de ocho años antes, pero mi madre me dijo que en la puerta había vacilado, luego volvió y la besó en la cabeza. Sufrió el infarto a tres manzanas de distancia. El médico dijo que cayó fulminado en el acto.

Nicholas Spencer sonreía en esta foto, pero sus ojos parecían pensativos, incluso preocupados.

Las primeras cuatro páginas del periódico estaban dedicadas a él. Había fotos de Spencer a los ocho años, en la liga infantil. Había sido el lanzador de los Caspien Tigers. Otra foto le plasmaba a la edad de diez años con su padre, en el laboratorio de la casa familiar. Era miembro del equipo de natación del instituto. Esta foto le inmortalizaba con un trofeo. En otra aparecía con ropas shakespearianas, sosteniendo algo que parecía un Oscar. Había sido votado como el mejor actor de la obra presentada por los de último curso.

La foto de él con su primera mujer, tomada el día de su boda, hacía doce años, provocó que lanzara una exclamación ahogada. Janet Barlowe Spencer, de Greenwich, era una rubia esbelta de facciones delicadas. Sería demasiado decir que era la doble de Lynn, pero era innegable que existía un enorme parecido. Me pregunté si este parecido había influido en que se casara con Lynn.

Había homenajes para él de media docena de lugareños, incluyendo un abogado que afirmaba haber sido amigo íntimo de Spencer en el instituto, un profesor que alababa su sed de conocimientos y una vecina para la que siempre hacía recados, según afirmaba la mujer. Saqué mi libreta y apunté los nombres. Supuse que me sería fácil localizar sus direcciones en el listín telefónico, si me decidía a ponerme en contacto con ellos.

El tema de la siguiente semana se centraba en el hecho de que la vacuna de la empresa de Spencer era un fracaso. El artículo resaltaba que el copresidente de Gen-stone había admitido que se habían precipitado al dar publicidad a sus éxitos anteriores. La foto de Nick Spencer que acompañaba el artículo daba la impresión de haber sido facilitada por la empresa.

El periódico de hacía cinco días incluía la misma foto de Spencer, pero con un pie diferente: «Spencer acusado de robar millones». Utilizaban la palabra «presunto» en todo el artículo, pero un editorial sugería que un premio más apropiado, en lugar del que la ciudad le había concedido, habría sido el Oscar al mejor actor.

«Llámeme Milly» me ofreció más café. Acepté, y vi que sus ojos expresaban curiosidad cuando vio las fotos de Spencer sobre la mesa. Decidí darle una oportunidad.

—¿Conocía a Nicholas Spencer? —pregunté.

La mujer meneó la cabeza.

—No. Ya se había marchado cuando yo llegué al pueblo, hace veinte años, pero le diré una cosa. Cuando empezaron todas esas historias de que había estafado a su empresa y de que la vacuna no funcionaba, mucha gente de aquí se disgustó. Muchas personas habían comprado acciones de su empresa, después de que le impusieran la medalla. En su discurso, dijo que era el descubrimiento más importante desde la vacuna de la polio.

Sus afirmaciones eran cada vez más audaces, pensé. ¿Había intentado engañar a más gilipollas antes de desaparecer?

—El restaurante estaba lleno —dijo Milly—. Spencer ha salido en la portada de dos revistas de ámbito nacional. La gente quería verle de cerca. Es lo único parecido a una celebridad que este pueblo ha producido. Se recaudaron fondos, por supuesto. Me dijeron que, después de oír su discurso, la junta directiva del hospital compró un montón de acciones. Ahora, todo el mundo está enfadado con los demás por concederle el premio y traerle aquí. No podrán seguir adelante con la nueva ala infantil del hospital.

Sujetaba la cafetera con la mano derecha, y la izquierda estaba apoyada en la cadera.

—En este pueblo, el nombre de Spencer está a la altura del betún. Pero descanse en paz —añadió a regañadientes. Me miró—. ¿Por qué está tan interesada en Spencer? ¿Es reportera o algo por el estilo?

—Sí —admití.

—No es la primera que viene a husmear sobre él. Alguien del FBI estuvo aquí preguntando sobre sus amigos. Dije que no le quedaba ninguno.

Junto con el billete para pagar, di a Milly mi tarjeta.

—Por si quiere ponerse en contacto conmigo —dije, y volví al coche. Esta vez, me dirigí al 71 de Winslow Terrace.

11

A veces tengo suerte. El doctor Philip Broderick no visitaba los martes por la tarde. Cuando llegué, eran las doce y cuarto, y el último paciente estaba saliendo. Entregué una de mis nuevas tarjetas del *Wall Street Weekly* a la recepcionista. Con aspecto dubitativo, me pidió que esperara mientras hablaba con el médico. Lo hice, y crucé los dedos.

—El doctor la recibirá —dijo cuando volvió.

Parecía sorprendida, y yo también, la verdad. Cuando escribía perfiles biográficos como *freelance*, descubrí que, si los sujetos son controvertidos, tienes tantas posibilidades de conseguir una entrevista llamando al timbre de una puerta como telefoneando y tratando de concertar una cita. Mi teoría es que algunas personas poseen una cortesía innata que les impele a creer que si te has tomado la molestia de ir a verles, mereces ser tolerada, aunque no seas bienvenida. El resto de esa teoría consiste en que algunas personas temen que, si se niegan a recibirte, escribirás algo negativo sobre ellas.

En cualquier caso, fueran cuales fuesen los motivos del médico, estábamos a punto de conocernos. Debió de oír mis pasos, porque se levantó en cuanto entré en su consulta. Era un hombre alto y delgado, de unos cincuenta y cinco años, con abundante cabello cano. Su saludo fue cortés pero directo.

—Señorita DeCarlo, voy a serle muy sincero. Solo he accedido a hablar con usted porque leo y respeto la revista que usted representa. Sin embargo, ha de comprender que no es el primero, ni el quinto ni el décimo periodista que se deja caer por aquí.

Me pregunté cuántos artículos se iban a publicar sobre Nicholas Spencer. Solo esperaba que mi aportación fuera algo original o valioso. Había pensado abordarla desde un ángulo que tal vez funcionara. Me apresuré a dar las gracias al doctor por recibirme sin previo aviso, me senté donde indicó y fui al grano.

—Doctor Broderick, si lee nuestra revista con regularidad, sabrá que la política editorial es contar toda la verdad sin sensacionalismos, a medida que los datos van surgiendo. Intento hacer eso mismo para la revista, pero también desde un punto de vista personal. Hace tres años, mi madre viuda volvió a casarse. Mi hermanastra, a la que apenas conozco, es la esposa de Nicholas Spencer. Está en el hospital recuperándose de las lesiones sufridas cuando su casa fue incendiada a propósito la otra noche. No sabe qué creer sobre su marido, pero quiere y necesita saber la verdad. Cualquier ayuda que usted me pueda prestar será muy bien recibida.

—Leí lo del incendio.

Detecté la nota de compasión que deseaba despertar en él, aunque me odié por jugar esa carta.

—¿Conocía a Nicholas Spencer? —pregunté.

—Conocía a su padre, el doctor Edward Spencer, del cual era amigo. Compartía su interés por la microbiología, y venía con frecuencia a observar sus experimentos. Para mí, era una afición fascinante. Nicholas Spencer ya se había graduado en la universidad y mudado a Nueva York cuando yo me instalé aquí.

—¿Cuándo fue la última vez que vio a Nicholas Spencer?

—El 16 de febrero, la noche posterior a la recaudación de fondos.

—¿Se quedó a dormir en el pueblo?

—No, volvió la mañana después de la recaudación. No esperaba verle. Se lo explicaré. Esta es la casa donde creció, pero supongo que usted ya lo sabe.

—Sí.

—El padre de Nick murió repentinamente de un ataque al corazón hace doce años, más o menos la época en que Nick se casó. Me ofrecí de inmediato a comprar la casa. A mi mujer siempre le había gustado y mi primera consulta se me había quedado pequeña. En aquel tiempo, me planteaba conservar el laboratorio y revisar algunos de los primeros experimentos que el doctor Spencer había considerado fracasados. Pregunté a Nick si me dejaría copiar solo esas notas. Permitió que se quedaran en esta casa. Se llevó los últimos documentos de su padre, pues creía que contenían investigaciones interesantes. Como estoy seguro de que ya sabrá, su madre murió de cáncer cuando era joven, y su padre se impuso como objetivo de su vida encontrar una cura para la enfermedad.

Recordé la seriedad del rostro de Nick Spencer cuando me había contado esa historia.

—¿Utilizó las notas del doctor Spencer? —pregunté.

—Pues no. —El doctor Broderick se encogió de hombros—. Son esas cosas que nunca consigues llevar a la práctica, por más que te lo propongas. Yo siempre estaba demasiado ocupado, y más tarde necesité la zona del laboratorio para crear dos nuevas salas de reconocimiento. Guardé las notas en el desván, por si Spencer las reclamaba algún día. Nunca lo hizo, hasta el día después de la recaudación.

—¡Eso ocurrió un mes y medio antes de su muerte! ¿Por qué cree que vino a buscarlas? —pregunté.

Broderick vaciló.

—No dio ninguna explicación, de modo que no puedo estar seguro. Era evidente que estaba preocupado. Tenso sería la palabra más adecuada. Pero luego, dijo que había hecho el viaje en balde, y me preguntó cuáles eran mis intenciones.

—¿Cuáles eran sus intenciones?

—El otoño pasado alguien de su empresa vino a por las notas, y yo se las entregué, por supuesto.

—¿Cómo reaccionó Nick cuando se lo dijo? —pregunté, intrigada.

—Me preguntó si podía facilitarle el nombre o la descripción de la persona que estuvo aquí. Yo no me acordaba del nombre, pero le describí al hombre. Iba bien vestido, tenía el pelo castaño rojizo, de estatura mediana, y contaría unos cuarenta años.

—¿Reconoció Nick quién era?

—No estoy seguro, pero estaba muy preocupado. Después, dijo «No me queda tanto tiempo como pensaba», y se fue.

—¿Sabe si fue a ver a alguien más del pueblo?

—Debió hacerlo. Una hora después, cuando iba al hospital, me adelantó en su coche.

Había pensado que mi siguiente parada sería el instituto al que Nick había asistido. Solo quería saber cómo había sido de adolescente, pero después de hablar con el doctor Broderick, cambié de idea. Mi intención era ir directamente a Gen-stone, localizar al tipo del cabello castaño rojizo y hacerle unas cuantas preguntas.

Si es que trabajaba para Gen-stone, cosa que yo dudaba.

12

Después de salir del hospital, Ned fue a casa y se tumbó en el sofá. Había hecho todo lo posible, pero había fallado a Annie. Cargaba la gasolina en un pote y llevaba una cuerda larga en el bolsillo, y el encendedor en el otro. Un minuto más, y habría hecho con esa habitación lo que había hecho en la mansión.

Entonces oyó el ruido de la puerta del ascensor y vio a los policías de Bedford. Sabían quién era. Estaba seguro de que no se habían acercado lo bastante para verle la cara, pero no quería que empezaran a preguntarse por qué estaba en el hospital, ahora que Annie había muerto.

Les habría dicho que tenía una cita con el doctor Greene, por supuesto. Habría sido la verdad. El doctor Greene estaba ocupado, pero le había hecho un hueco a la hora de comer. Era un hombre agradable, si bien había dado la razón a Annie cuando dijo que tendría que haber consultado con ella la venta de la casa de Greenwood Lake.

No había dicho al doctor Greene que estaba furioso. Se había limitado a describir su tristeza.

—Echo de menos a Annie —dijo—. La quiero.

El doctor Greene desconocía el verdadero motivo de la muerte de Annie, que había salido corriendo de la casa, subió al coche y chocó con el camión de la basura, todo porque estaba enfadada con él por las acciones de Gen-stone. Ignoraba que Ned había trabajado para el diseñador de jardines que se ocupaba de la incendiada mansión Bedford, y por eso conocía el terreno al dedillo.

El doctor Greene le dio píldoras para tranquilizarse, y también para dormir. Ned tomó dos somníferos en cuanto llegó a casa y cayó dormido en el sofá. Durmió durante catorce horas, hasta las once de la mañana del jueves.

Fue entonces cuando su casera, la señora Morgan, llamó al timbre de la puerta. Su madre era la propietaria de la casa veinte años antes, cuando Annie y él se habían trasladado, pero la señora Morgan había tomado las riendas el año anterior.

A Ned no le caía bien. Era una mujerona con la cara de alguien que busca camorra. Se quedó parado en la puerta, cortándole el paso, pero observó que intentaba fisgonear, buscar problemas.

Cuando habló, no lo hizo con la voz ruda de costumbre.

—Pensaba que habrías ido a trabajar, Ned.

No contestó. No era asunto de ella que hubieran vuelto a despedirle.

—Sabes que siento mucho lo de Annie.

—Sí, claro.

Estaba tan cansado por los efectos de las pastillas que hasta le costaba mascullar.

—Hay un problema, Ned. —El tono compasivo cambió, y se convirtió en la señora Grandes Negocios—. Tu alquiler termina el uno de junio. Mi hijo va a casarse y necesita tu piso. Lo siento, pero ya sabes cómo son las cosas. Como una concesión a la memoria de Annie, puedes quedarte gratis todo el mes de mayo.

Una hora después, fue a dar un paseo en coche hasta Greenwood Lake. Algunos de sus antiguos vecinos estaban trabajando en sus jardines. Se detuvo frente a la propiedad donde había estado su casa. Ahora, era todo césped. Hasta las flores que Annie había plantado con tanto amor habían desaparecido. La vieja señora Schafley, que había vivido al otro lado de su casa, estaba podando las mimosas de su patio. Alzó la vista, le vio y le invitó a una taza de té.

Sirvió tarta de café casera, y hasta recordó que le gustaba mucho azúcar en el té. Se sentó frente a él.

—Tienes muy mal aspecto, Ned —dijo, casi al borde del llanto—. A Annie no le gustaría verte tan desaliñado. Siempre se preocupaba de que fueras bien vestido.

—He de mudarme —dijo—. La casera quiere el apartamento para su hijo.

—¿Adónde irás, Ned?

—No lo sé. —Todavía afectado por la fatiga residual de los somníferos, a Ned se le ocurrió una idea—. Señora Schafley, ¿podría alquilarle su cuarto vacío durante un tiempo, hasta que se me ocurra algo?

Vio el rechazo instantáneo en sus ojos.

—En recuerdo de Annie —añadió. Sabía que la señora Schafley había querido a Annie. Pero la mujer meneó la cabeza.

—No saldría bien, Ned. No eres la persona más limpia del mundo. Annie siempre te iba persiguiendo. Esta casa es pequeña, y acabaríamos enemistados.

—Pensaba que le caía bien.

Ned sintió que la ira estrangulaba su voz.

—Me caes bien —dijo la mujer en tono tranquilizador—, pero no es lo mismo cuando vives con alguien. —Miró por la ventana—. Mira, es Harry Harnik. —Corrió a la puerta y gritó para que se acercara—. Ned ha venido de visita.

Harry Harnik era el vecino que le había ofrecido comprar la casa porque quería un patio más grande. Si Harry no hubiera hecho la oferta, él no habría vendido la casa ni invertido el dinero en la empresa. Ahora, Annie estaba muerta, su casa ya no existía y la casera quería echarle. La señora Schafley, que siempre era tan amable con Annie, no le quería alquilar una habitación. Y Harry Harnik estaba entrando en la casa, con una sonrisa compasiva en la cara.

—Ned, no me enteré de lo de Annie hasta hace poco. Lo siento muchísimo. Era una persona encantadora.

—Encantadora —coreó la señora Schafley.

La oferta de comprar la propiedad por parte de Harnik había significado el primer paso hacia la muerte de Annie. La señora Schafley le había llamado porque no quería estar a solas con Ned.

Me tiene miedo, pensó Ned. Hasta Harnik le estaba mirando de una forma rara. Él también me tiene miedo, decidió.

La casera, pese a sus bravatas, le había dejado quedarse en el apartamento gratis el mes de mayo porque le tenía miedo. Su hijo nunca iría a vivir con ella. No se llevaban bien. Solo quiere deshacerse de mí, se dijo Ned.

Lynn Spencer había tenido miedo de él cuando apareció en la puerta de su habitación del hospital. Su hermana, la tal DeCarlo, había pasado sin verle cuando la estaban entrevistando, y ayer apenas había vuelto la cabeza en su dirección. Pero él cambiaría la situación. Ella también aprendería a tenerle miedo.

Toda la rabia y el dolor que se habían acumulado en su interior estaban cambiando. Lo notaba. Se estaban transformando en una sensación de poder, como cuando de pequeño disparaba balas BB contra las ardillas del bosque. Harnik, Schafley, Lynn Spencer, su hermana, todos eran ardillas. Había que tratarlos como si fueran ardillas.

Después, podría marcharse, dejándolos derrumbados y ensangrentados, como había dejado a las ardillas cuando era pequeño.

¿Qué canción solía cantar en el coche? «¡Vamos a cazar!» Eso era.

Se puso a reír.

Harry Harnik y la señora Schafley le estaban mirando.

—Ned —dijo la señora Schafley—, ¿te has acordado de tomar tu medicina después de la muerte de Annie?

No levantes sospechas, se advirtió. Consiguió parar de reír.

—Oh, sí —dijo—. Annie querría que la tomara. Me he puesto a reír porque me he acordado de aquel día que te enfadaste tanto, Harry, cuando me llevé a casa el coche viejo que iba a reparar.

—Eran dos coches viejos, Ned. Daban muy mal aspecto a esta manzana, pero Annie te obligó a deshacerte de ellos.

—Me acuerdo. Por eso compraste la casa, porque no querías que llevara a casa más coches viejos que me gustaba reparar. Por eso, cuando tu mujer quiso telefonear a Annie para asegurarse de que estaba de acuerdo con que tú compraras la propiedad, no dejaste que llamara. Y usted, señora Schafley, sabía que a Annie se le partiría el corazón si la casa desaparecía. Tampoco la llamó. No la ayudó a salvar su casa porque quería perderme de vista.

La culpa estaba escrita en sus rostros. En la cara encarnada de Harnik y en las mejillas arrugadas de la señora Schafley. Quizá habían querido a Annie, pero no lo bastante para no haber conspirado con el fin de arrebatarle la casa.

No les reveles tus verdaderos sentimientos, se advirtió una vez más. No te delates.

—Me voy —dijo—, pero pensé que debían saber que yo estaba al corriente de sus manejos, y espero que ardan en el infierno por ello.

Les dio la espalda, salió de la casa y bajó hasta el coche. Justo cuando abría la puerta, distinguió un tulipán que crecía cerca de donde había estado el camino de entrada de su casa. Vio a Annie de rodillas el año pasado, plantando los bulbos.

Corrió hacia el tulipán, se agachó y lo arrancó, y luego lo alzó hacia el cielo. Prometió a Annie que la vengaría. Lynn Spencer, Carley DeCarlo, la señora Morgan, su casera, Harry Harnik, la señora Schafley. ¿Y Bess, la mujer de Harnik? Cuando subió al coche y se alejó, Ned reflexionó, y luego añadió Bess Harnik a la lista. Podría haber llamado a Annie por su cuenta para advertirla de la venta inminente. Tampoco merecía vivir.

13

No estaba segura de si iba a invadir el territorio del doctor Ken Page cuando volví a las oficinas de Gen-stone en Pleasantville, pero creía que debía hacer aquello de inmediato. Mientras recorría la I-95 desde Connecticut a Westchester, di vueltas en mi cabeza a la posibilidad de que la persona que había ido a recoger las notas del doctor Spencer trabajara para una firma de investigación, tal vez contratada por la propia empresa.

En su discurso a los accionistas, Charles Wallingford había afirmado, o al menos insinuado, que el dinero desaparecido y el problema con la vacuna eran acontecimientos sorprendentes e inesperados. Pero meses antes de que el avión de Spencer se estrellara, alguien se había apoderado de aquellas viejas notas. ¿Por qué?

«No me queda tanto tiempo como pensaba.» Eso era lo que Nick Spencer había dicho al doctor Broderick. ¿Tanto tiempo para qué? ¿Para cubrir su rastro? ¿Para asegurarse un futuro en un nuevo lugar, con un nombre nuevo, tal vez un rostro nuevo, y millones de dólares? ¿O existía un motivo diferente por completo? ¿Por qué mi mente no cesaba de dar vueltas a esa posibilidad?

Esta vez, cuando llegué a la sede central de la empresa, pregunté por el doctor Celtavini y dije que era urgente. Su secretaria me pidió que esperara. Pasó un minuto y medio antes de que me comunicara que el doctor Celtavini estaba ocupado, pero su ayudante, la doctora Kendall, me recibiría.

El edificio del laboratorio se hallaba detrás y a la derecha del cuartel general del centro administrativo, y se llegaba por un largo pasillo. Un guardia examinó mi bolso y me invitó a pasar por un detector de metales. Esperé en una zona de recepción hasta que llegó la doctora Kendall.

Era una mujer de semblante serio, cuya edad oscilaría entre los treinta y cinco y los cuarenta y cinco años, con una cabeza de pelo oscuro y lacio y una barbilla firme.

Me guió hasta su despacho.

—Ayer conocí al doctor Page, de su revista —dijo—. Pasó mucho tiempo con el doctor Celtavini y conmigo. Pensé que habíamos contestado satisfactoriamente a todas sus preguntas.

—Se trata de una pregunta que no se le pudo ocurrir a Ken Page, porque está relacionada con algo que he averiguado esta mañana, doctora Kendall —contesté—. Tengo entendido que el interés inicial de Nicholas Spencer por la vacuna fue inducido por las investigaciones de su padre en el laboratorio de casa.

La mujer asintió.

—Eso me han dicho.

—Las notas antiguas del doctor Spencer las guardaba para Nick Spencer el médico que compró su casa de Caspien, Connectitut. Alguien que afirmaba trabajar para Gen-stone se las llevó el pasado otoño.

—¿Por qué dice «que afirmaba trabajar para Gen-stone»?

Me volví. El doctor Celtavini estaba en la puerta.

—Lo digo porque Nicholas Spencer fue en persona a recuperarlas, y según el doctor Broderick, que las guardaba, se quedó muy preocupado al saber que ya no estaban.

Fue difícil juzgar la reacción del doctor Celtavini. ¿Sorpresa? ¿Preocupación? ¿O algo más que eso, algo cercano a la tristeza? Habría dado cualquier cosa por leer en su mente.

—¿Sabe el nombre de la persona que se llevó las notas? —preguntó la doctora Kendall.

—El doctor Broderick no recuerda su nombre. Le describió como un hombre bien vestido, de cabello castaño rojizo y unos cuarenta años de edad.

Los dos médicos se miraron. El doctor Celtavini meneó la cabeza.

—No conozco a ninguna persona de estas características relacionada con el laboratorio. Tal vez la secretaria de Nick Spencer, Vivian Powers, podría ayudarla.

Tenía una docena de preguntas que me habría gustado formular al doctor Celtavini. Mi instinto me decía que el hombre estaba en guerra consigo mismo. Ayer había dicho que despreciaba a Nick Spencer, no solo por su doblez, sino porque había manchado su reputación. No me cabía duda de que era sincero a ese respecto, pero también creía que había algo más. Entonces, se dirigió a la doctora Kendall.

—Laura, si hubiéramos enviado a alguien en busca de unas notas, ¿no habríamos utilizado a nuestros propios mensajeros?

—Eso creo, doctor.

—Y yo también. Señorita DeCarlo, ¿tiene el número de teléfono del doctor Broderick? Me gustaría hablar con él.

Se lo di y me fui. Me detuve en el mostrador de recepción y confirmé que si el señor Spencer hubiera querido que le entregaran algo relacionado con la empresa, habría utilizado casi sin la menor duda a uno de los tres hombres contratados a tal efecto. También solicité ver a Vivian Powers, pero se había tomado el día libre.

Cuando salí de Gen-stone, al menos estaba muy segura de una cosa: el tipo del pelo castaño rojizo que había recogido las notas del doctor Spencer no estaba autorizado a llevárselas.

La pregunta era: ¿adónde habían ido a parar esas notas? Y la información más importante: ¿qué contenían?

14

No sé cuándo empecé a enamorarme de Casey Dillon. Tal vez fue hace años. Su nombre completo es Kevin Curtis Dillon, pero toda su vida le han llamado Casey, del mismo modo que a mí, Marcia, me han llamado Carley. Es cirujano ortopédico del hospital de Intervenciones Especiales. Cuando los dos vivíamos en Ridgewood y yo estaba en segundo de instituto, me invitó a su baile de fin de curso. Me enamoré perdidamente de él, pero después se fue a la universidad y no me dijo cuándo volvería. Un pez gordo, le recuerdo.

Nos encontramos por casualidad hace unos seis meses en el vestíbulo de un teatro off-Broadway. Yo había ido sola; él con un ligue. Me llamó un mes después. Dos semanas más tarde, volvió a llamarme. Está muy claro que el doctor Dillon, un apuesto cirujano de treinta y seis años, no anhela mi compañía con excesiva frecuencia. Ahora me llama con regularidad, pero sin exagerar.

Diré que, pese a que voy con cautela para no partirme el corazón de nuevo, disfruto todos los momentos que paso con el doctor Casey. Me llevé una sorpresa descomunal cuando, hace un par de meses, desperté una noche a las tantas de la madrugada y me di cuenta de que había estado soñando que él y yo íbamos a comprar las servilletas de cóctel que utilizaríamos en nuestras fiestas. En el sueño, incluso vi nuestros nombres escritos con elegante caligrafía: «Casey y Carley». ¿Hasta qué punto se puede llegar a ser cursi?

Muchas de nuestras citas se planean por anticipado, pero

cuando llegué a mi casa después del larguísimo día, me esperaba una llamada en el contestador automático.

—Carley, ¿te apetece picar algo?

Me pareció una gran idea. Casey vive en la calle Ochenta y cinco Oeste, y solemos citarnos en algún restaurante del centro. Le llamé, dejé un mensaje aceptando, tomé notas minuciosas de los acontecimientos del día y decidí que una ducha caliente me sentaría bien.

Había cambiado dos veces la alcachofa de mi ducha, pero no había servido de nada. El agua todavía sale a chorros. El cambio de temperatura es traumatizante, y no pude evitar pensar en un cálido y burbujeante jacuzzi. Había decidido que, cuando tuviera mi propio apartamento, mordería el anzuelo y compraría uno de esos aparatos celestiales. Ahora, gracias a mi inversión en Genstone, ese jacuzzi estaba más lejos que nunca.

Casey devolvió la llamada cuando me estaba secando el pelo. Estuvimos de acuerdo en que los platos chinos de Shun Lee West constituían una idea espléndida, y en que nos encontraríamos allí a las ocho, para cenar temprano. Operaba por la mañana, y yo necesitaba estar preparada para mi reunión de las nueve en la oficina con los chicos.

Llegué a Shun Lee a las ocho en punto. Casey estaba acomodado en un reservado y daba la impresión de llevar un rato esperando. Siempre digo en broma que me hace sentir poco puntual, pese a que podría poner su reloj en hora guiándose por mí. Pedimos vino, echamos un vistazo a la carta, discutimos y pactamos compartir la tempura de gambas y el pollo picante. Después, nos contamos lo ocurrido durante las dos últimas semanas.

Le dije que me había contratado el *Wall Street Weekly*, y se quedó impresionado. Luego, le hablé del reportaje sobre Nicholas Spencer y me puse a pensar en voz alta, algo a lo que soy propensa cuando estoy con Casey.

—Mi problema —dije, mientras mordía un rollito de primavera— es que la carga de ira dirigida contra Spencer es muy personal. Sí, es el dinero, y para algunos solo es el dinero, pero para mucha gente es algo más que eso. Se sienten traicionados.

—Le consideraban un dios que aplicaría sus manos sanadoras y curaría a sus hijos enfermos —dijo Casey—. Como médico, veo que nos adoran como héroes cuando conseguimos que un paciente muy enfermo supere la crisis. Spencer prometió liberar a todo el mundo de la amenaza del cáncer. Cuando la vacuna fracasó, quizá traspasó los límites.

—¿Qué quieres decir?

—Por los motivos que fueran, robó dinero, Carley. La vacuna fracasó. Va a caer en desgracia e irá a la cárcel. Ignoro la cuantía de su seguro. ¿Alguien lo ha investigado?

—Estoy segura de que Don Carter, que está escribiendo la parte financiera de nuestro reportaje, lo hará, si es que no lo ha hecho ya. Entonces, ¿tú crees que Nick Spencer tal vez haya accidentado a propósito su avión?

—No sería el primero en elegir esa salida.

—Yo creo que no.

—Carley, puedo decirte que los laboratorios de investigación son caldos de cultivo de habladurías. He hablado con algunos de los tipos que conozco. Corre el rumor desde hace meses de que los resultados finales de Gen-stone no eran alentadores.

—¿Crees que Spencer lo sabía?

—Si todo el mundo del negocio estaba enterado, no sé cómo lo iba a pasar por alto. Voy a darte un dato: las industrias farmacéuticas son negocios multimillonarios, y Gen-stone no es la única que intenta con desesperación curar el cáncer. La empresa que descubra el remedio mágico tendrá una patente que valdrá miles de millones. No te engañes. Las demás empresas se alegran de que la vacuna de Spencer sea un fiasco. No hay ni una que no trabaje frenéticamente para ser la ganadora. El dinero y el premio Nobel son buenos incentivos.

—No estás dejando a la profesión médica en muy buen lugar, doctor —dije.

—No es mi intención dejarla en ningún lugar. Te cuento las cosas tal como son. Lo mismo pasa con los hospitales. Competimos en conseguir pacientes. Los pacientes aportan ingresos. Los ingresos suponen que los hospitales pueden disponer de la tecnología más reciente. ¿Cómo atraes a los pacientes? Con los mejores médicos en nómina. ¿Por qué crees que los médicos que se han hecho un nombre no paran de ser contratados? Hay una tremenda competencia entre ellos, y siempre la ha habido.

»Tengo amigos en laboratorios de investigación hospitalaria que, según me han contado, siempre están al acecho de posibles espías. Robar información sobre nuevos fármacos y drogas es algo que sucede sin parar. Y aun sin el robo descarado, la carrera por ser el descubridor del último fármaco o vacuna maravilloso es constante, veinticuatro horas siete días a la semana.

Me quedé con la palabra «espías» y pensé en el desconocido que se había llevado las notas de la oficina del doctor Broderick. Hablé de él a Casey.

—Estás diciendo que Nick Spencer cogió las notas de su padre hace doce años y que una persona no autorizada volvió a por el resto el pasado otoño. ¿No te dice esto que alguien pensó que quizá eran valiosas, y llegó a esta conclusión antes de que Spencer tomara su decisión?

—«No me queda tanto tiempo como pensaba»... Casey, eso fue lo último que Spencer dijo al doctor Broderick, tan solo seis semanas antes de que su avión se estrellara. No paro de darle vueltas.

—¿A qué crees que se refería? —preguntó Casey.

—No lo sé, pero ¿a cuánta gente crees que contó que había dejado las antiguas notas de su padre en la vieja casa familiar? Cuando te mudas y otra familia ocupa tu casa, no van a guardarte tus cosas. Esto se debió a una concatenación especial de circunstancias. El médico había pensado trabajar en su laboratorio por pura afición, pero luego afirma que utilizó el espacio para salas de reconocimiento.

Llegaron nuestros primeros, humeantes y burbujeantes, con aspecto y olor celestiales. Me di cuenta de que no había comido nada desde el bagel y el café de mediodía. También me di cuenta de que, después de encontrarme a la mañana siguiente con Ken Page y Don Carter en la oficina, tendría que volver a Caspien.

Me había sorprendido que el doctor Broderick me recibiera

en el acto aquella mañana. También fue sorprendente que admitiera con tal celeridad que había estado en posesión de algunas notas del doctor Spencer, y que tan solo unos meses antes las había entregado a un mensajero, cuyo nombre no recordaba. Spencer siempre había dicho que las primeras investigaciones de su padre habían contribuido al desarrollo de Gen-stone. Había dejado aquellas notas a petición de Broderick. Tendrían que haber sido tratadas con sumo cuidado.

Tal vez sí, pensé. Tal vez no existía ningún pelirrojo.

—Casey, me ayudas a pensar —dije, mientras empezaba a concentrarme en las gambas—. Quizá habrías tenido que ser psiquiatra.

—Todos los médicos son psiquiatras, Carley. Lo que pasa es que algunos todavía no lo han descubierto.

15

Era estupendo trabajar en el *Wall Street Weekly*, tener un cubículo, un escritorio y un ordenador para mí sola. Tal vez haya personas que solo deseen viajar, pero yo no soy de esas. No es que no me encante viajar. He escrito perfiles biográficos de famosos, o al menos de gente bastante conocida, que me han llevado a Europa y Sudámerica, e incluso en una ocasión a Australia, pero después de estar ausente un par de semanas, ya tengo ganas de volver a casa.

Para mí, mi casa es ese pedazo de terreno grande y maravilloso que se llama la isla de Manhattan. La parte este, la parte oeste, toda. Me gusta pasear por ella los domingos tranquilos y sentir la presencia de los edificios que mis bisabuelos vieron cuando llegaron a Nueva York, uno de Irlanda, el otro de Toscana.

Todo eso pasaba por mi cabeza mientras colocaba algunos objetos personales sobre el escritorio y repasaba mis notas para la reunión que tendría lugar en el despacho de Ken.

En el mundo de las fechas límite y las noticias de última hora, no se podía perder el tiempo. Ken, Don y yo intercambiamos saludos y pusimos manos a la obra. Ken se acomodó ante su escritorio. Vestía un jersey y una camisa sin corbata, y tenía todo el aspecto de un jugador de rugby retirado.

—Tú primero, Don —dijo.

Don, menudo y pulcro, repasó sus notas.

—Spencer fue a trabajar para la Jackman Medical Supply Company hace catorce años, después de hacer un máster en Cornell. En aquella época era una esforzada empresa familiar. Con la ayuda de su suegro, Spencer terminó comprando la empresa a la familia Jackman. Hace ocho años, cuando fundó Gen-stone, la fusionó con el negocio de suministros médicos y salió a bolsa para financiar la investigación. Esa es la división que se dedicó a saquear.

»Había comprado la casa de Bedford y el piso de Nueva York. En principio, Bedford costó tres millones, pero con las reformas y la escalada de precios en el mercado de bienes raíces, valía mucho más de lo que fue tasada. El apartamento costó cuatro millones, e invirtieron algo de dinero en mejoras. No era uno de esos áticos o dúplex de precio astronómico, tal como lo pintaban en algunos artículos sobre Spencer. Por cierto, tanto la casa como el apartamento tenían hipotecas que fueron liquidadas.

Recordé que Lynn me había dicho que había vivido en la casa y el piso de la primera mujer de Spencer.

—El saqueo de la división de suministros médicos empezó hace años. Hace un año y medio, empezó a pedir préstamos con la garantía de su paquete de acciones. Nadie sabe por qué.

—Para seguir un orden cronológico, intervengo yo —dijo Ken—. Fue la época en que, según el doctor Celtavini, empezaron a surgir problemas en el laboratorio. Generaciones posteriores de ratones que estaban recibiendo la vacuna empezaron a desarrollar células cancerosas. Spencer debió darse cuenta de que el castillo de naipes iba a desmoronarse, y se dedicó a saquear la empresa. Se piensa que la reunión en Puerto Rico era un paso más en su proyecto de huir del país. Entonces, su suerte se agotó.

—Dijo al médico que compró la casa de su padre que no le quedaba tanto tiempo como pensaba —expliqué.

A continuación, les hablé de la documentación que, según el doctor Broderick, había entregado a un hombre de cabello castaño rojizo que se presentó en nombre de la oficina de Spencer.

—Lo que me cuesta tragar —seguí—, es que un médico entregue documentos relativos a una investigación sin comprobar que la petición es correcta, o sin pedir un recibo.

—¿Existe alguna posibilidad de que alguien de la empresa hubiera empezado a sospechar de Spencer? —sugirió Don.

—No, a tenor de lo que dijeron en la asamblea de accionistas

—dije—. Y desde luego, la existencia de esas notas significó una sorpresa para el doctor Celtavini. Yo diría que si alguien pudiera estar interesado en los primeros experimentos de un microbiólogo aficionado, sería alguien como él.

—¿El doctor Broderick contó a alguien que habían ido a buscar los documentos? —preguntó Ken.

—Dijo algo acerca de hablar con los investigadores. Como me lo dijo sin necesidad de preguntárselo, yo diría que no.

Me di cuenta de que no había formulado esa pregunta al doctor Broderick.

—Es probable que los chicos de la oficina del fiscal del distrito quieran verle. —Don cerró su libreta mientras hablaba—. Son los que intentan seguir el rastro del dinero, pero yo sospecho que se halla en una cuenta numerada de algún banco suizo.

—¿Es ahí donde creen que Spencer planeaba terminar? —pregunté.

—Es difícil decirlo. Hay otros lugares que reciben con los brazos abiertos a la gente de pasta, sin hacer preguntas. A Spencer le gustaba Europa, y hablaba con fluidez alemán y francés, de modo que no le habría costado mucho encontrar un lugar donde establecerse.

Pensé en lo que Nick había dicho sobre su hijo, Jack: «para mí, significa el mundo». ¿Cómo se conciliaba con el hecho de que abandonaría a su hijo si marchaba del país y no podría volver jamás, salvo para acabar en la cárcel? Saqué a colación el tema, pero ni Don ni Ken consideraron que existiera un problema.

—Con la cantidad de dinero que se llevó, el chaval puede subir a un avión privado para ir a ver a papá cuando le dé la gana. Puedo darte una lista de gente que no puede volver aquí, pero que son padres de familia. Además, ¿con cuánta frecuencia podría ver al crío si estuviera en la trena?

—Todavía nos queda un factor intrigante —indiqué—. Lynn. Si hay que creerla, no participó en la trama. ¿Pensaba dejarla plantada Spencer cuando se largó? La verdad, no la veo viviendo en el exilio. Ha ido trepando hasta integrarse en el ambiente chic de Nueva York. Afirma que no tiene ni un centavo.

—Lo que la gente como Lynn Spencer considera no tener ni un centavo debe de ser muy diferente de lo que consideramos nosotros tres —replicó Don con sequedad, al tiempo que se levantaba.

—Una cosa más —me apresuré a decir—. Ese es el punto que me gustaría reflejar en el reportaje. He repasado el enfoque que da la prensa a los fracasos de las empresas, y siempre se hace hincapié en el tren de vida que llevaba el causante de la quiebra, por lo general con barcos, aviones y media docena de casas. Ese tipo de artículo no nos conviene. Ignoramos qué hizo Nick Spencer con el dinero. En cambio, quiero entrevistar a la gente de a pie, incluido el tipo acusado de provocar el incendio. Aunque sea culpable, cosa que dudo, estaba histérico porque su hijita está muriendo de cáncer y va a perder su casa.

—¿Por qué crees que no es culpable? —preguntó Don—. A mí me parece un caso clarísimo.

—Le vi en la asamblea de accionistas. Estaba prácticamente a su lado cuando perdió los nervios.

—¿Cuánto duró su enfado?

Don enarcó una ceja, un truco que siempre he envidiado.

—Unos dos minutos, si llegó —admití—. Pero tanto si provocó el incendio como si no, es un ejemplo de lo que está ocurriendo a las verdaderas víctimas de la bancarrota de Gen-stone.

—Habla con algunas, a ver qué sacas en claro —aceptó Ken—. Bien, manos a la obra.

Volví a mi cubículo y repasé el expediente de Spencer. Después del accidente, gente de Gen-stone próxima a él había hecho declaraciones a la prensa. Vivian Powers, su secretaria durante seis años, le había puesto por las nubes. La llamé a la oficina de Pleasantville y crucé los dedos, con la esperanza de que estuviera en su puesto.

Contestó ella. Su voz era joven, pero me dijo con firmeza que no aceptaría ninguna entrevista, ya fuera por teléfono o en persona. La interrumpí antes de que pudiera colgar.

—Soy miembro de un equipo del *Wall Street Weekly* que está trabajando en un reportaje sobre Nicholas Spencer —dije—. Seré sincera. Me gustaría aportar algo positivo sobre él, pero la gente está tan furiosa por haber perdido su dinero, que el retrato saldrá muy negativo. En el momento de su muerte, usted tuvo palabras muy halagadoras para él. Supongo que también habrá cambiado de opinión.

—Jamás creeré que se quedara con un solo centavo —dijo con vehemencia. Entonces, su voz se quebró—. Era una persona maravillosa —terminó, casi en un susurro—, y eso es lo que diré.

Tuve la sensación de que Vivian Powers tenía miedo de que la oyeran.

—Mañana es sábado —dije a toda prisa—. Podría ir a su casa, o encontrarnos donde usted me diga.

—No, mañana no. He de pensármelo.

Oí un clic y la línea murió. ¿Qué había querido decir con lo de que Spencer no se había quedado ni un centavo?, me pregunté.

Tal vez mañana no, pero vamos a hablar, señorita Powers, me juré. Vamos a hablar.

Cuando Annie estaba viva, no le dejaba tomar ni una copa, porque decía que era incompatible con su medicina. Pero ayer, cuando volvía a casa desde Greenwood Lake, Ned había parado en una licorería y comprado botellas de whisky, bourbon y rye. No había tomado la medicina desde la muerte de Annie, de modo que tal vez no se enfadaría con él por beber ahora.

—Necesito dormir, Annie —explicó cuando abrió la primera botella—. Me ayudará a dormir.

Le ayudó. Se había quedado dormido en la silla, pero después pasó algo. Ned no sabía si estaba soñando o recordando algo sobre la noche del incendio. Estaba al acecho en una arboleda, con la lata de gasolina, cuando una sombra apareció por un lado de la casa y bajó corriendo el camino de entrada.

Hacía mucho viento, y las ramas de los árboles no paraban de agitarse y moverse. Al principio, había pensado que eso había sido la causa de la sombra... pero ahora, la sombra se había convertido en la figura de un hombre, y en su sueño creía a veces que podía ver una cara.

¿Era como los sueños sobre Annie, tan reales que hasta podía oler la loción corporal con aroma a melocotón que utilizaba?

Tenía que ser eso, decidió. Porque solo era un sueño, ¿verdad?

A las cinco de la mañana, justo cuando la primera luz de la aurora empezaba a filtrarse a través de la persiana, Ned se levantó. Le dolía el cuerpo por haberse quedado dormido en la silla, pero todavía peor era el dolor de su corazón. Deseaba a Annie. La necesitaba... pero había muerto. Cruzó la habitación y cogió el rifle. Durante todos estos años lo había guardado escondido detrás de un montón de chatarra, en su mitad del garaje. Volvió a sentarse, con las manos enlazadas alrededor del cañón.

El rifle le devolvería a Annie. Cuando hubiera acabado con esta gente, los culpables de su muerte, se iría con ella. Se reuniría con ella.

De repente, tuvo un destello de la noche anterior. La cara en el camino de entrada de Bedford. ¿La había visto o la había soñado?

Se reclinó y trató de dormir otra vez, pero no pudo. La quemadura de su mano se estaba infectando, y le dolía mucho. No podía ir a urgencias del hospital. Había oído en la radio que el tipo al que habían detenido por el incendio tenía una quemadura en la mano.

Había tenido suerte de encontrar al doctor Ryan en el vestíbulo del hospital. Si hubiera ido a urgencias, alguien podría haberle denunciado a la policía. Habrían averiguado que el verano pasado había trabajado para el diseñador de jardines que se ocupaba de los terrenos de la casa de Bedford. Pero había perdido la receta del doctor Ryan.

Tal vez si se aplicaba mantequilla en la mano se sentiría mejor. Eso había hecho su madre una vez, cuando se quemó la mano encendiendo un cigarrillo en los fogones.

¿Podría pedir otra receta al doctor Ryan? Quizá podría telefonearle.

¿O recordaría eso al doctor Ryan que, horas después del incendio de Bedford, Ned le había enseñado una mano quemada?

No sabía muy bien qué hacer.

Había recortado todos los artículos sobre Nick Spencer aparecidos en el *Caspien Town Journal*. Después de hablar con Vivian Powers, los examiné y encontré la foto de la cena celebrada en su honor el 15 de febrero, cuando se le concedió el premio al Ciudadano Distinguido. El pie incluía el nombre de todas las personas sentadas a la mesa con él.

Incluían al presidente de la junta directiva del hospital de Caspien, el alcalde de Caspien, un senador del estado, un sacerdote y varios hombres y mujeres que, sin duda, debían de ser ciudadanos prominentes de la zona, el tipo de gente a la que se acude en los banquetes para recaudar fondos.

Apunté los nombres y busqué su número de teléfono. Lo que quería en concreto era encontrar a la persona de Caspien a la que Nick Spencer había ido a ver a la mañana siguiente, después de dejar al doctor Broderick. La posibilidad era leve, pero tal vez, solo tal vez, era una de las personas que se hallaban en el estrado con él. De momento, obvié llamar al alcalde, al senador o al presidente de la junta del hospital. En cambio, esperaba localizar a alguna de las mujeres presentes.

Según Broderick, Spencer había vuelto de manera inesperada a Caspien aquella mañana, y le había disgustado mucho saber que la documentación de su padre había desaparecido. Siempre procuro ponerme en el lugar de alguien a quien trato de entender. De haber estado en el lugar de Nick, y sin tener nada que ocultar, habría ido directamente a mi oficina e iniciado una investigación.

Anoche, cuando volví a casa después de cenar con Casey, me puse mi camisón favorito, me metí en la cama, apoyé las almohadas contra la cabecera y desparramé sobre la cama todos los artículos del voluminoso expediente que tenía sobre Nick. Leo muy deprisa, pero por más artículos que leí, jamás vi una sola referencia al hecho de que había dejado las notas de los primeros experimentos de su padre al cuidado del doctor Broderick, en Caspien.

Es lógico suponer que una información de ese tipo sería conocida por muy poca gente. Pero si había que creer al doctor Celtavini y a la doctora Kendall, ignoraban la existencia de esas viejas notas, y el hombre del pelo castaño rojizo no era el mensajero habitual de la empresa.

Pero ¿cómo conocería alguien ajeno a la empresa la existencia de esa documentación?, y más intrigante todavía, ¿para qué la querría?

Hice tres llamadas telefónicas y dejé mensajes. La única persona a la que localicé fue el reverendo Howell, el ministro presbiteriano que había pronunciado la plegaria en la recaudación de fondos. Era cordial, pero dijo que no había hablado mucho con Nick Spencer aquella noche.

—Le felicité por recibir el premio, claro está, señorita DeCarlo. Después, como a todos los demás, me entristeció y decepcionó enterarme de sus presuntas ilegalidades, y también de que el hospital había sufrido fuertes pérdidas económicas al haber invertido tanto en acciones de su empresa.

—Reverendo, en la mayoría de estas cenas, entre plato y plato, la gente se levanta y pasea —dije—. ¿Se fijó en si Nicholas Spencer hablaba con alguien en particular?

—No, pero puedo preguntarlo, si quiere.

Mi investigación no avanzó mucho. Llamé al hospital y me dijeron que Lynn se había marchado.

Según los periódicos de la mañana, Marty Bikorsky había sido acusado de incendio premeditado e imprudencia temeraria, y puesto en libertad bajo fianza. Salía en el listín telefónico de White Plains. Marqué su número. Oí el contestador automático, y dejé un mensaje.

—Soy Carley DeCarlo, del *Wall Street Weekly*. Le vi en la asamblea de accionistas, y no me pareció usted la clase de hombre que pegaría fuego a la casa de alguien. Espero que me llame. Me gustaría ayudarle, en la medida de mis posibilidades.

Mi teléfono sonó casi al mismo tiempo de colgar.

—Soy Marty Bikorsky. —Su voz sonaba cansada y tensa—. Creo que nadie puede ayudarme, pero agradezco el intento.

Una hora y media después estaba aparcada delante de su casa, un edificio de dos plantas bien conservado. Una bandera estadounidense ondeaba en el jardín, colgada de un poste. El caprichoso tiempo de abril continuaba gastando jugarretas. Ayer, la temperatura había alcanzado los veintiún grados. Hoy, había bajado a catorce, y soplaba viento. No me habría importado llevar un jersey bajo mi delgada chaqueta de primavera.

Bikorsky debía de estar esperándome, porque la puerta se abrió antes de que pudiera tocar el timbre. Escudriñé su rostro, y mi reacción instantánea fue pensar, pobre tipo. Sus ojos delataban tanto cansancio y derrota que sentí pena por él. No obstante, hizo un esfuerzo consciente por enderezar los hombros y forzar una tenue sonrisa.

—Entre, señorita DeCarlo. Soy Marty Bikorsky.

Empezó a extender la mano, pero la retiró enseguida. La tenía vendada. Sabía que se había quemado con los fogones, al menos eso había afirmado.

El estrecho vestíbulo de entrada conducía a la cocina. La sala de estar estaba a la derecha de la puerta.

—Mi mujer ha preparado café —dijo—. Si le apetece, podríamos sentarnos a la mesa.

—Con mucho gusto.

Le seguí hasta la cocina, donde una mujer que nos daba la espalda estaba sacando una tarta de café del horno.

—Rhoda, esta es la señorita DeCarlo.

—Llámeme Carley, se lo ruego —dije—. En realidad, me llamo

Marcia, pero en el colegio mis compañeras empezaron a llamarme Carley y se me quedó.

Rhoda Bikorsky era más o menos de mi edad, unos cinco centímetros más alta que yo, delgada, de pelo rubio oscuro largo y brillantes ojos azules. Tenía las mejillas sonrosadas, y me pregunté si era su color natural, o si los torbellinos emocionales de su vida le estaban afectando a la salud.

Al igual que su marido, iba vestida con tejanos y sudadera.

—Ojalá alguien hubiera inventado un mote para Rhoda —dijo, sonrió y me estrechó la mano.

La cocina era inmaculada y coquetona. La mesa y las sillas eran de estilo norteamericano antiguo, y el suelo con dibujos de ladrillo era como el de nuestra cocina cuando era pequeña.

A invitación de Rhoda, fui a la mesa y me senté.

—Sí, gracias —dije al café, y acepté de buen grado un trozo de tarta. Desde donde estaba sentada, veía un pequeño patio trasero por una ventana salediza. Un parquecito exterior, con un columpio y un balancín, testimoniaba la presencia de un niño en la familia.

Rhoda Bikorsky se fijó en lo que estaba mirando.

—Marty lo construyó para Maggie. —Se sentó delante de mí—. Carley, voy a ser sincera con usted. No nos conoce. Es una reportera. Ha venido porque dijo a Marty que quería ayudarnos. Le voy a hacer una pregunta muy sencilla: ¿por qué quiere ayudarnos?

—Estuve en la asamblea de accionistas. Cuando fui testigo del estallido de su marido, pensé que era un padre angustiado, no un hombre vengativo.

La expresión de la mujer se suavizó.

—En ese caso, sabe más sobre él que la brigada antipirómanos. De haber sabido lo que iban buscando, nunca habría comentado que Marty tiene insomnio y se levanta en plena noche para fumar.

—Siempre me persigues para que lo deje —dijo con ironía Bikorsky—. Tendría que haberte hecho caso, Rhod.

—Por lo que he leído, fue directamente desde la asamblea de accionistas a trabajar en la gasolinera. ¿Es eso cierto? —pregunté.

Asintió.

—Esta semana he trabajado de tres a once. Llegué tarde, pero uno de los compañeros me estaba cubriendo. Estaba tan furioso que fui a tomar unas cervezas después del trabajo, antes de volver a casa.

—¿Es verdad que en el bar dijo algo acerca de pegar fuego a la casa de los Spencer?

Hizo una mueca y meneó la cabeza.

—Escuche, no voy a decirle que no estaba disgustado por perder todo ese dinero. Todavía lo estoy. Esta es nuestra casa, y hemos de ponerla a la venta. Pero no pegaría fuego a una casa ajena más que a esta. Soy un bocas.

—¡Ya lo puedes decir! —Rhoda Bikorsky apretó el brazo de su marido, y luego puso la mano bajo su barbilla—. Todo se solucionará, Marty.

El hombre estaba diciendo la verdad, estaba segura. Todas las pruebas contra él eran circunstanciales.

—¿Salió a fumar alrededor de las dos de la madrugada?

—Exacto. Es un vicio, pero cuando despierto y sé que no podré volver a dormirme, un par de cigarrillos me calman.

Miré por la ventana y vi que se había levantado un viento fuerte. Me recordó algo.

—Espere un momento —dije—. La noche del lunes al martes fue fría y tempestuosa. ¿Se sentó fuera?

Vaciló.

—No, en el coche.

—¿En el garaje?

—En el camino de entrada. Encendí el motor.

Rhoda y él intercambiaron una mirada. Le estaba advirtiendo de que no siguiera hablando. El teléfono sonó. Me di cuenta de que se alegraba de tener una excusa para abandonar la mesa. Cuando volvió, su expresión era sombría.

—Era mi abogado, Carley. Se puso como una moto cuando supo que la había dejado venir. No puedo decir ni una palabra más.

—¿Estás enfadado, papá?

Una niña de unos cuatro años había entrado en la cocina,

arrastrando una manta. Tenía el pelo rubio y largo de su madre y los ojos azules, pero su tez era pálida. Su aspecto era tan frágil, que me recordó las exquisitas muñecas de porcelana que había visto una vez en un museo de muñecas.

Bikorsky se agachó y la levantó.

—No estoy enfadado, nena. ¿Has dormido bien?

—Ajá.

Se volvió hacia mí.

—Carley, esta es nuestra Maggie.

—Papá. Has de decir que soy tu tesoro, Maggie.

El hombre fingió horrorizarse.

—¿Cómo podría olvidarlo? Carley, te presento a nuestro tesoro, Maggie, y Maggie, te presento a Carley.

Tomé la manita que me extendió.

—Es un placer conocerte, Carley —dijo. Su sonrisa era triste.

Confié en que las lágrimas no anegaran mis ojos. Era evidente que estaba muy enferma.

—Hola, Maggie. Yo también me alegro mucho de conocerte.

—¿Qué te parece si te preparo un tazón de chocolate, mientras mamá se despide de Carley? —sugirió Marty.

La niña palmeó su mano vendada.

—¿Prometes que no te volverás a quemar la mano con el chocolate, papá?

—Lo prometo, princesa. —El hombre me miró—. Puede publicar lo que quiera, Carley.

—Esa es mi intención —dije en voz baja.

Rhoda me acompañó hasta la puerta.

—Maggie tiene un tumor cerebral. ¿Sabe lo que nos dijeron los médicos hace tres meses? Que la trajera a casa y disfrutara de su compañía. No le aplique quimio o radio, y no deje que ningún charlatán la convenza de someterla a algún tratamiento excéntrico, porque no funcionan. Dijeron que Maggie no llegaría a Navidad. —El color de sus mejillas se intensificó—. Voy a decirle algo, Carley. Cuando te pasas el día y la noche rezando a Dios para que salve la vida de tu único hijo, no le cabrees quemando una casa ajena.

Se mordió el labio para reprimir un sollozo.

—Yo convencí a Marty de que pidiera esa segunda hipoteca. El año pasado fui al pabellón de curas paliativas de St. Ann para ver a una amiga que estaba agonizando. Nicholas Spencer estaba trabajando de voluntario. Fue allí donde le conocí. Me habló de la vacuna que estaba desarrollando, y me dijo que estaba seguro de que curaría el cáncer. Fue entonces cuando convencí a Marty de que invirtiera todo nuestro dinero en su empresa.

—¿Conoció a Nicholas Spencer en un pabellón de curas paliativas? ¿Trabajaba de voluntario en un pabellón de curas paliativas?

Estaba tan estupefacta, que tuve la impresión de tartamudear.

—Sí. Después, el mes pasado, cuando supimos lo de Maggie, volví a verle. Dijo que su vacuna no estaba preparada, que no podía ayudarla. Es tan difícil creer que alguien tan convincente podría engañar, podría arriesgar... —Meneó la cabeza y se tapó la boca con las manos, y luego sollozó—. ¡Mi pequeña va a morir!

—Mamá.

—Ya voy, nena.

Rhoda se secó con impaciencia las lágrimas que resbalaban sobre sus mejillas.

Abrí la puerta.

—Me puse de parte de Marty instintivamente —dije—. Ahora que les he conocido, si hay alguna manera de ayudarles, la encontraré.

Apreté su mano y me fui.

De vuelta a Nueva York, llamé para escuchar mis mensajes. El único que había recibido me provocó escalofríos:

«Hola, señorita DeCarlo, soy Milly. Ayer la esperé en el restaurante de Caspien. Sabía que iba a ver al doctor Broderick, y pensé que querría saber que, mientras practicaba jogging esta mañana, fue atropellado por un coche que se dio a la fuga, y no es probable que sobreviva».

18

Creo que llegué a casa en piloto automático. Solo podía pensar en el accidente que había dejado en coma y muy grave al doctor Broderick. ¿Era un accidente?, no paraba de preguntarme.

Ayer había ido a las oficinas de Gen-stone nada más terminar de hablar con el doctor Broderick, y empecé a hacer preguntas para averiguar quién había ordenado recuperar aquellos documentos. Hablé con el doctor Celtavini y la doctora Kendall. Pregunté en recepción sobre otros posibles servicios de mensajería, y describí al hombre de pelo castaño rojizo, tal como el doctor Broderick lo había descrito. Esta mañana, tan solo unas horas más tarde, el doctor Broderick había sido atacado por alguien en un coche. Utilizo a propósito la palabra «atacado» en lugar de atropellado.

Llamé al restaurante de Caspien desde el coche y hablé con Milly. Me dijo que el accidente había ocurrido a las seis de la mañana, en el parque cercano a la casa del médico.

—Por lo que he oído, la policía cree que el tipo debía de ir borracho o algo por el estilo —dijo—. Tuvo que desviarse hasta la cuneta para atropellar al doctor. ¿No le parece espantoso? Rece por él, Carley.

Lo haría, sin lugar a dudas.

Cuando llegué a casa, me puse ropa cómoda: un jersey ligero, mallas y zapatillas de deporte. A las cinco me serví una copa de vino, comí un poco de queso y galletitas saladas, apoyé los pies sobre un cojín y me dediqué a meditar sobre los acontecimientos del día.

Ver a Maggie, que solo viviría unos meses más, me trajo vívidos recuerdos de Patrick. Me pregunté si, de haber podido elegir, habría sido peor disfrutar de Patrick durante cuatro años para luego perderle. ¿Habría sido más fácil tenerle unos pocos días, en lugar de que se convirtiera en el centro y alma de mi vida, como Maggie lo era para Rhoda y Marty Bukorsky? Ojalá... Ojalá... Ojalá... Ojalá los cromosomas que formaban el corazón de Patrick no hubieran sido defectuosos. Ojalá las células cancerígenas que habían invadido el cerebro de Maggie pudieran ser destruidas.

Plantearse preguntas de este estilo es absurdo, porque no hay respuestas. Las cosas no eran así, de modo que nunca lo sabremos. Patrick tendría diez años ahora. Le veo en mi mente y en mi corazón, tal como sería si hubiera vivido. Tendría el cabello oscuro, por supuesto. Greg, su padre, tiene el cabello oscuro. Sería alto para su edad, probablemente. Greg es alto, y a juzgar por mis padres y abuelos, yo debo de tener un gen de la estatura regresivo. Tendría ojos azules. Los míos son azules, los de Greg de un azul oscuro. Me gustaría pensar que sus facciones serían más parecidas a las mías, porque me parezco a mi padre, y era el hombre más bondadoso (así como uno de los más atractivos) que he conocido en mi vida.

Es curioso. Mi hijo, que solo vivió unos días, es más real para mí que Greg, con el cual estudié en la escuela universitaria de graduados un año y estuve casada otro año, y que se ha convertido en un ser vago y carente de importancia. Si acaso, la única huella permanente que me queda de él es la pregunta de cómo no me di cuenta desde un principio de lo superficial que era. ¿Os acordáis de ese famoso cartel, «Él no pesa, es mi hermano»? ¿Qué os parece «Él no pesa, es mi hijo»? Tres kilos de hermoso bebé, pero con un corazón herido demasiado pesado para que su padre cargara con él.

Confío en que exista la segunda oportunidad. Algún día, me gustaría tener una familia. Cruzo los dedos para estar con los ojos bien abiertos y no cometer otra equivocación. Eso es lo que me preocupa de mí. Juzgo con excesiva rapidez a la gente. Marty Bikorsky me caía bien instintivamente, y sentía pena por él. Por eso había ido a verle. Por eso creo que es inocente de ese incendio.

Después, empecé a pensar en Nicholas Spencer. Dos años antes, cuando le había conocido, me gustó instintivamente y le admiré. Ahora, solo veo la punta del iceberg de lo que ha hecho a mucha gente, no solo destruir su seguridad económica con sus acciones hinchadas, sino destruir la esperanza de que su vacuna prevendría y curaría el cáncer de sus seres queridos.

A menos que haya otra respuesta.

El hombre del pelo castaño rojizo que se había llevado las notas del doctor Spencer forma parte de esa respuesta. Estoy segura. ¿Era posible que hubieran atacado al doctor Broderick porque podía identificarle?

Al cabo de un rato me fui, caminé hasta el Village y tomé linguini con salsa de almejas y una ensalada en un pequeño restaurante sin pretensiones. Mejoró el dolor de cabeza que me estaba molestando, pero no curó el dolor del corazón. Me sentía abrumada por la culpa de que mi visita tal vez le costara la vida al doctor Broderick. Pero más tarde, cuando volví a casa, conseguí dormir.

Cuando desperté, me sentía mejor. Me encantan los domingos por la mañana, leer los periódicos en la cama mientras bebo café. Pero luego, conecté la radio para escuchar las noticias de las nueve. Al amanecer, unos niños de Puerto Rico, que pescaban en una barca cerca de donde habían sido encontrados los restos del avión de Nicholas Spencer, habían pescado un trozo quemado y manchado de sangre de un polo azul de hombre. El locutor dijo que el financiero desaparecido Nicholas Spencer, presunto autor del robo de millones de dólares de su empresa de investigaciones médicas, llevaba un polo azul cuando salió del aeropuerto del condado de Westchester, varias semanas antes. Los restos serían analizados y comparados con polos similares de Paul Stuart, la camisería de Madison Avenue donde compraba Spencer. Enviarían de nuevo buzos en busca del cadáver, que se concentrarían en aquella zona.

Llamé al apartamento de Lynn y me di cuenta al instante de que la había despertado. Su voz sonaba adormilada e irritada, pero cambió enseguida cuando se dio cuenta de que era yo. Le hablé de las noticias, y durante un largo momento no dijo nada.

—Carley —susurró al fin—, estaba segura de que le encontrarían vivo, de que todo era una pesadilla, despertaría y le encontraría aquí conmigo.

—¿Estás sola? —pregunté.

—Por supuesto —contestó, indignada—. ¿Qué clase de persona crees...?

La interrumpí.

—Lynn, me refería a si te acompaña un ama de llaves u otra persona durante tu recuperación.

Esta vez, fui yo quien habló con firmeza. ¿Qué se pensaba que había insinuado?

—Oh, Carley, lo siento. Mi ama de llaves libra los domingos, pero vendrá un poco más tarde.

—¿Quieres compañía?

—Sí.

Quedamos en que me pasaría a las once. Estaba a punto de irme, cuando Casey telefoneó.

—¿Has oído las últimas noticias sobre Spencer, Carley?

—Sí.

—Eso debería acallar todas las especulaciones acerca de que sigue vivo.

—Supongo. —El rostro de Nicholas Spencer se formó en mi mente. ¿Por qué había esperado que reaparecería y arreglaría todo, confirmando que había sido una terrible equivocación?—. Estaba a punto de salir hacia casa de Lynn.

—Yo también tengo prisa, Carley. No te demoro más. Hasta luego.

Supongo que me hice la imagen mental de estar sentada a solas con Lynn, pero no sucedió así. Cuando llegué, encontré a Charles Wallingford a su lado, en la sala de estar, junto con otros dos hombres que resultaron ser abogados de Gen-stone.

Lynn iba vestida con pantalones beis de un corte exquisito y una blusa estampada en tonos pastel. Se había ceñido el pelo a la nuca. Llevaba poco maquillaje, pero aplicado con arte. Los vendajes de sus manos se habían reducido a una sola pieza de gasa ancha en cada palma. Calzaba zapatillas transparentes, y vi el acolchado que protegía sus pies quemados.

La besé en la mejilla con cierta desgana, obtuve un recibimiento gélido de Wallingford, y cuando me presenté, un educado saludo de los abogados, los dos hombres de aspecto serio e indumentaria conservadora.

—Carley —dijo Lynn en tono de disculpa—, estamos preparando la declaración que haremos a los medios. No tardaremos mucho. Estamos seguros de que recibiremos montones de llamadas.

Charles Wallingford y yo intercambiamos una mirada. Leí en su mente. ¿Qué estaba haciendo yo, observándoles mientras preparaban una declaración para los medios? Yo era los medios.

—Lynn —protesté—, no debería estar aquí. Vendré en otro momento.

—Carley, quiero que te quedes. —Por un instante, la compostura de Lynn se desmoronó—. Con independencia del problema que Nick fue incapaz de afrontar, cuando fundó la empresa estoy segura de que creía en la vacuna y creía que iba a conceder a la gente una oportunidad de compartir su éxito económico. Quiero que la gente comprenda que yo no colaboré en ningún plan de estafar a nadie. Pero también quiero que la gente comprenda que, al menos al principio, Nick no se proponía estafar. No se trata de un buen trabajo de relaciones públicas. Confía en mí.

Todavía no estaba muy contenta de que me incluyeran en esta sesión, pero retrocedí de mala gana hasta una silla cerca de la ventana y paseé la vista por la sala. Las paredes eran de un amarillo vistoso, los techos y molduras blancos. Los dos sofás estaban tapizados en un dibujo amarillo, verde y blanco. Había sendas butacas a juego cubiertas con punto de aguja, encaradas una a la otra junto a la chimenea. El alto escritorio inglés y las escasas mesas eran antigüedades auténticas y estaban pulidas a la perfección. Las ventanas de la izquierda ofrecían una vista de Central Park.

Hacía calor, y los árboles empezaban a florecer. El parque estaba lleno de gente, que paseaba, corría o estaba sentada en los bancos, disfrutando del día.

Me di cuenta de que la estancia había sido decorada para dar una sensación de continuidad entre el exterior y el interior. Era vibrante, primaveral y algo menos formal de lo que cabía esperar de Lynn. De hecho, el apartamento no era lo que yo esperaba, en el sentido de que, si bien era espacioso, era más un confortable hogar familiar que algo diseñado de cara a la galería.

Después, recordé que Lynn había dicho que Nick y su primera mujer lo habían comprado, y que ella quería venderlo y mudarse. Lynn y Nick solo llevaban cuatro años casados. ¿Era posible que Lynn no lo hubiera vuelto a decorar a su gusto, porque no era el lugar en que quería quedarse? Apostaría a que esa era la respuesta.

Unos momentos después, el timbre de la puerta sonó. Vi que el ama de llaves pasaba delante de la sala de estar para ir a abrir, pero no creo que Lynn lo oyera. Charles Wallingford y ella estaban comparando notas, y ella había empezado a leer en voz alta.

—Por lo que tenemos entendido, parece que el pedazo de tela encontrado esta mañana a dos millas de Puerto Rico procedía del polo que mi marido llevaba cuando despegó del aeropuerto de Westchester. Durante estas tres semanas me he aferrado a la esperanza de que hubiera sobrevivido al accidente y regresara para defenderse de las acusaciones vertidas contra él. Creía con todas sus fuerzas que estaba a punto de encontrar una vacuna que prevendría y curaría el cáncer. Estoy segura de que el dinero que retiró, aunque fuera sin autorización, habría sido utilizado para ese único propósito.

—Lynn, lo siento, pero debo decirte que la respuesta a esa declaración será «¿A quién crees que estás engañando?».

El tono de voz era suave, pero las mejillas de Lynn se inflamaron, y tiró la hoja de papel que sostenía.

—¡Adrian! —dijo.

Para alguien metido en el mundo económico, el recién llegado no necesitaba presentación, como solían decir los presentadores de televisión cuando anunciaban a sus invitados célebres. Le reconocí de inmediato. Era Adrian Nagel Garner, el único propietario de Garner Pharmaceutical Company y gran filántropo. No era muy alto, de unos cincuenta y cinco años, pelo gris y facciones vulgares, el tipo de hombre corriente que no se destacaría en una multitud. Nadie sabía lo rico que era. Nunca permitía publicidad sobre su persona, pero la voz corre, por supuesto. La gente hablaba con admiración y asombro de su casa de Connecticut, que albergaba una espléndida biblioteca, un teatro de ochenta asientos, un estudio de grabación y una sala habilitada como bar, por nombrar tan solo algunas de sus particularidades. Dos veces divorciado y con hijos adultos, se decía que mantenía una relación sentimental con una inglesa de sangre azul.

Era su empresa la que había pensado pagar mil millones de dólares por el derecho a distribuir la vacuna de Gen-stone, si conseguía la aprobación. Sabía que uno de sus ejecutivos había sido elegido para la junta de Gen-stone, pero no se había puesto en evidencia durante la asamblea de accionistas. Estaba segura de que lo último que deseaba Adrian Nagel Garner para su empresa era que se le vinculara, en la mente pública, con la desventurada Gen-stone. La verdad, me sorprendió verle en la sala de estar de Lynn.

Era evidente que su visita constituía una sorpresa absoluta también para ella.

—Adrian, qué agradable sorpresa —dijo. Casi tartamudeaba.

—Voy arriba, a comer con los Parkinson. Cuando me di cuenta de que también era tu edificio, he pasado a verte. Oí la noticia esta mañana.

Miró a Wallingford.

—Charles.

Su saludo transmitió una notable frialdad. Saludó con un cabeceo a los abogados, y luego me miró.

—Adrian, te presento a mi hermanastra, Carley DeCarlo —dijo Lynn. Todavía parecía asombrada—. Carley está trabajando en un reportaje sobre Nick para el *Wall Street Weekly*.

El hombre guardó silencio y me miró con aspecto inquisitivo.

Estaba irritada conmigo misma por no haberme marchado en cuanto vi a Wallingford y los abogados.

—Pasé a ver a Lynn por el mismo motivo que usted, señor Garner —dije en tono crispado—, para decirle cuánto siento que, al parecer, Nick no saliera vivo del accidente.

—En ese caso, no estamos de acuerdo, señorita DeCarlo —replicó con aspereza Adrian Garner—. Yo creo que no hay nada definitivo. Por cada persona que crea que este fragmento de tela es la prueba de su muerte, habrá diez convencidas de que Nick lo dejó en la zona del accidente con la esperanza de que lo encontraran. Los accionistas y empleados ya están bastante irritados y amargados, y creo que convendrá conmigo en que Lynn ya ha sido suficiente víctima de esta ira. A menos que el cadáver de Nick Spencer sea encontrado, no debería decir nada que pudiera ser interpretado como un intento de convencer a la gente de ese hecho. Creo que la respuesta digna y apropiada sería limitarse a decir «No sé qué pensar».

Se volvió hacia ella.

—Lynn, has de hacer lo que consideres apropiado, por supuesto. Te deseo lo mejor, y quería que lo supieras.

Con un cabeceo dedicado a los demás, uno de los hombres más ricos y poderosos del país se marchó.

Wallingford esperó a que la puerta se cerrara, y luego habló en tono vehemente.

—Creo que Adrian Garner es un ser despótico.

—Pero tal vez tenga razón —dijo Lynn—. De hecho, Charles, creo que está en lo cierto.

Wallingford se encogió de hombros.

—No hay nada cierto en este lío —dijo, con aspecto contrito—. Lo siento, Lynn, pero ya sabes a qué me refiero.

—Sí.

—Lo más duro es que yo quería a Nick —dijo Wallingford—. Trabajé con él durante ocho años, y lo consideré un privilegio. Todavía me resulta increíble. —Meneó la cabeza y miró a los abogados. Después, se encogió de hombros—. Te mantendré informada sobre todo lo que averigüemos, Lynn.

Ella se levantó, y a juzgar por la mueca que no logró disimular, deduje que sus pies todavía le dolían.

Era evidente que estaba agotada, pero a instancias de ella me quedé lo suficiente para tomar un Bloody Mary en su compañía. Elegimos como tema de conversación nuestra tenue relación familiar. Le dije que había hablado con su padre el martes, cuando volví del hospital para informarle de su estado, y que llamé a mi madre el miércoles para hablarle de mi nuevo trabajo.

—Hablé con papá el día que ingresé en el hospital, y otra vez a la mañana siguiente —dijo Lynn—. Después, le dije que iba a dejar el teléfono descolgado para poder descansar, y que le llamaría durante el fin de semana. Lo haré esta tarde, después de poner los pies en alto un rato.

Me levanté y dejé sobre la mesa el vaso vacío.

—Seguiremos en contacto.

Hacía un día tan bonito que decidí pasear los tres kilómetros que distaba mi casa. Pasear aclara mis ideas, y tenía la impresión de que bullía con demasiadas cosas. Los dos últimos minutos con Lynn exigían una atención especial. Cuando fui a verla al hospital la segunda vez, estaba hablando por teléfono. Cuando colgó, dijo «Yo también te quiero». Después, me vio y dijo que había estado hablando con su padre.

¿Había equivocado el día en que habló con él? ¿O había otra persona al teléfono? Podría haber sido una amiga. La frase «te quiero», cuando estoy hablando con mis amigos, no me sugiere nada. Pero hay muchas formas de decir «Yo también te quiero», y la voz de Lynn había sugerido algo sexual.

La siguiente posibilidad que pasó por mi cabeza me dejó asombrada. ¿Habría estado hablando la señora de Nicholas Spencer con su desaparecido esposo?

19

Carley DeCarlo. Tenía que averiguar dónde vivía. Era la hermanastra de Lynn Spencer, pero era lo único que sabía de ella. Aún así, Ned tenía la sensación de haber reconocido su nombre, de que Annie le había hablado de ella. Pero ¿por qué? ¿De qué podía conocerla Annie? Tal vez había sido paciente del hospital. Era posible, decidió.

Ahora que había trazado un plan, y que había limpiado y cargado su rifle, Ned se sentía más tranquilo. La señora Morgan sería la primera. No le supondría ningún problema. Siempre cerraba la puerta con llave, pero subiría con la excusa de que tenía un regalo para ella. Lo haría pronto. Antes de dispararle, quería decirle cara a cara que no tendría que haberle mentido sobre el apartamento.

Iría a Greenwood Lake cuando aún no hubiera amanecido. Haría una visita a la señora Schafley y a los Harnik. Será más fácil que abatir ardillas, porque todos estarían en la cama. Los Harnik siempre dejaban abierta la ventana del dormitorio. La levantaría y se inclinaría sobre el antepecho antes de que se dieran cuenta de nada. Y no tendría que entrar en casa de la señora Schafley. Se plantaría en la ventana del dormitorio y le apuntaría la linterna a la cara. Cuando despertara, se iluminaría la cara para que ella le viera y supiera lo que iba a hacer. Después, dispararía.

Estaba seguro de que cuando la policía empezara a investigar, irían a por él. Era probable que la señora Schafley hubiera contado a todo Greenwood Lake que le había pedido alquilar una habitación. «¿Te imaginas qué cara más dura?». Así lo diría. Así empezaba siempre que se quejaba de alguien. «¿Imaginas qué cara más dura?», había preguntado a Annie cuando el chaval que le cortaba el césped intentó conseguir un aumento. «¿Imaginas qué cara más dura?», cuando el tipo que entregaba el periódico preguntó si se había olvidado de darle el aguinaldo de Navidad.

¿Sería eso lo que pensaría en el segundo anterior a que la matara? ¿Te imaginas qué cara más dura, matarme?

Sabía dónde vivía Lynn Spencer. Pero tenía que descubrir dónde vivía su hermanastra. Carley DeCarlo. ¿Por qué le sonaba tanto ese nombre? ¿Había oído a Annie hablar de ella? ¿O había leído algo acerca de ella?

—Eso es —susurró Ned—. Carley DeCarlo tenía una columna en esa parte del periódico dominical que a Annie le gustaba leer.

Hoy era domingo.

Entró en el dormitorio. La colcha de chenilla que tanto le gustaba a Annie seguía sobre la cama. Él no la había tocado. Aún la veía aquella última mañana, tirando de ambos lados de la colcha para que quedara igualada, y luego escondiendo lo que sobraba bajo las almohadas.

Vio el suplemento dominical que Annie había dejado doblado sobre su mesita de noche. Lo cogió y abrió. Pasó las páginas poco a poco. Entonces, vio su nombre y su foto: Carley DeCarlo. Escribía una columna de asesoramiento sobre dinero. Annie le había enviado una pregunta en una ocasión, y durante mucho tiempo estuvo atenta a ver si salía en la columna. No fue así, pero le siguió gustando la columna, y a veces se la leía.

—Ned, ella está de acuerdo conmigo. Dice que gastas un montón de dinero si compras con la tarjeta de crédito y solo pagas el mínimo cada mes.

El año pasado, Annie se había enfadado con él por pagar con la tarjeta una nueva caja de herramientas. Había comprado un coche antiguo en el desguace, y quería repararlo. Le había dicho que daba igual que las herramientas costaran mucho dinero, tardaría mucho tiempo en pagarlas. Entonces, ella le había leído esa columna.

Ned contempló la foto de Carley DeCarlo. Se le ocurrió una idea. Le gustaría angustiarla y ponerla nerviosa. Desde aquel momento de febrero en que Annie descubrió que la casa de Greenwood Lake había desaparecido, hasta el día en que el camión chocó contra su coche, Annie había estado angustiada y nerviosa. También había llorado mucho.

—Si la vacuna no obra efecto, no tenemos nada, Ned, nada —había repetido una y otra vez.

Annie había sufrido durante las semanas anteriores a su muerte. Ned quería que Carley DeCarlo también sufriera, que se angustiara y estuviera nerviosa. Y sabía cómo conseguirlo. Le enviaría por correo electrónico una advertencia: «Prepárate para el día del Juicio Final».

Tenía que salir de la casa. Tomaría el autobús hasta el centro, decidió, y pasaría ante el edificio de apartamentos de Lynn Spencer, la elegante residencia de la Quinta Avenida. Solo saber que podía estar dentro conseguía que se sintiera como si ya la tuviera a la vista.

Una hora después, Ned estaba parado en la acera opuesta al edificio. Llevaba menos de un minuto, cuando el portero abrió la puerta y Carley DeCarlo salió. Al principio, pensó que estaba soñando, al igual que había soñado con el hombre que salía de la casa de Bedford, antes de que provocara el incendio.

Aun así, se puso a seguirla. La mujer paseó mucho rato, hasta la calle Treinta y siete, y después cruzó en dirección este. Por fin, subió los escalones de una casa, y Ned se quedó convencido de que era la de ella.

Ahora sé dónde vive, pensó Ned, y cuando decida que ha llegado el momento, pasará lo mismo que con los Harnik y la señora Schafley. Disparar contra ella no será más difícil que disparar contra ardillas.

20

—Da miedo ver lo acertado que estuvo ayer Adrian Garner —dije a Don y Ken a la mañana siguiente. Los tres habíamos llegado temprano, y a las nueve menos cuarto estábamos reunidos en el despacho de Ken con nuestra segunda taza de café.

La predicción de Garner de que la gente llegaría a la conclusión de que el fragmento de polo quemado y ensangrentado era una pieza más del complicado plan de huida de Spencer fue cierta. Los tabloides se lo estaban pasando en grande con esa teoría.

La foto de Lynn salía en la primera plana del *New York Post*, y en la tercera página del *Daily News*. Daba la impresión de que la habían captado la noche anterior en la puerta de su edificio. En ambas aparecía espléndida y vulnerable al mismo tiempo. Había lágrimas en sus ojos. Tenía la mano izquierda abierta, mostrando el vendaje de su palma quemada. La otra mano aferraba el brazo de su ama de llaves. El titular del *Post* era LA ESPOSA NO ESTÁ SEGURA DE SI SPENCER SE AHOGÓ O NADÓ, mientras el *News* publicaba ESPOSA SOLLOZA: «NO SÉ QUÉ PENSAR».

Antes, había llamado al hospital y averiguado que el doctor Broderick seguía en estado grave. Decidí hablar de él a Ken y Don, y también de mis sospechas.

—¿Crees que el accidente de Broderick está relacionado con el hecho de que hablaras con él sobre esas notas? —preguntó Ken.

Aunque le conocía desde hacía pocos días, había reparado en que, cuando Ken sopesaba los pros y los contras de una situación, a veces se quitaba las gafas y las dejaba colgando de su mano derecha. Es lo que estaba haciendo ahora. La barba incipiente que cubría su barbilla y mejillas indicaba que había decidido dejarse barba, o bien que había ido con prisas por la mañana. Vestía una camisa roja, pero cuando le miraba, le imaginaba con bata blanca, un recetario sobresaliendo del bolsillo y un estetoscopio alrededor del cuello. Lleve lo que lleve, con barba o sin barba, Ken tiene pinta de médico.

—Podrías tener razón —continuó—. Todos sabemos que el negocio farmacéutico es muy competitivo. La empresa que sea la primera en comercializar un fármaco que prevenga o cure el cáncer ganará miles de millones.

—Ken, ¿para qué molestarse en robar las antiguas notas de un tipo que ni siquiera era biólogo? —argumentó Don.

—Nicholas Spencer siempre afirmó que las últimas investigaciones de su padre constituían la base de la vacuna que estaba desarrollando. Tal vez alguien imaginó que había algo valioso en las antiguas notas —teorizó Ken.

Era una idea lógica.

—El doctor Broderick era el vínculo directo entre las notas y el hombre que fue a recogerlas —dije—. ¿Es posible que esa documentación sea tan valiosa como para que alguien quisiera matarle, para no correr el riesgo de que pudiera identificar al hombre del pelo castaño rojizo? Eso sugiere que es posible identificar a ese individuo. Hasta podría trabajar en Gen-stone, o al menos conocer a alguien de Gen-stone lo bastante cercano a Nick Spencer para conocer la existencia de Broderick y las notas.

—Algo que tal vez estemos pasando por alto es que cabe la posibilidad de que Nick Spencer haya enviado a alguien para recoger esas notas, y de que luego fingiera sorpresa ante su desaparición —dijo Don poco a poco.

Le miré fijamente.

—¿Por qué haría eso? —pregunté.

—Carley, Spencer es, o era, un farsante con suficientes conocimientos de microbiología para recaudar fondos, convertir a un tipo como Wallingford, que consiguió arruinar el negocio familiar, en presidente, dejarle formar una junta directiva con tipos que no sabrían manejar ni un torniquete, y luego afirmar que estaba a punto de demostrar que ha encontrado la cura definitiva del cáncer. Se las ingenió durante ocho años. Ha vivido con una modestia relativa para un tipo de su posición. ¿Sabes por qué? Porque sabía que no saldría bien, y estaba almacenando una fortuna para su jubilación cuando la pirámide se viniera abajo. Pero la guinda sería crear la ilusión de que alguien había robado datos valiosos, y que era la víctima de un complot. Eso de que no sabía que las notas habían desaparecido lo hizo en honor de gente como nosotros, que escribirá sobre él.

—¿Y estar a punto de matar al doctor Broderick forma parte de ese plan? —pregunté.

—Apuesto a que resultará ser una coincidencia. Estoy seguro de que todas las gasolineras y talleres de esa zona de Connecticut han sido avisadas de que denuncien cualquier coche con abolladuras sospechosas a la policía. Encontrarán a algún tipo que volvía a casa con una buena cogorza, o a un chaval con el pie demasiado inquieto.

—Es una posibilidad, siempre que el tipo que atropelló al doctor Broderick sea de esa zona. —Me levanté—. Ahora, voy a ver si convenzo a la secretaria de Nick Spencer de que hable conmigo, y luego visitaré el pabellón de curas paliativas donde Spencer trabajó de voluntario.

Me dijeron que Vivian Powers había vuelto a tomarse el día libre. Llamé a su casa, y cuando supo quién era, dijo:

—No quiero hablar sobre Nicholas Spencer.

Colgó. Solo me quedaba una alternativa. Tenía que llamar al timbre de su puerta.

Antes de salir de la oficina, eché un vistazo a mi correo electrónico. Había al menos cien preguntas para mi columna, todo rutina, pero había otros dos correos que me sobresaltaron. El primero decía: «Prepárate para el día del Juicio Final».

No es una amenaza, me dije. Debe ser de algún chiflado religioso. Lo deseché, tal vez porque el otro mensaje me dejó sin respiración: «¿Quién era el hombre que estaba en la mansión de Lynn Spencer un minuto antes de que se incendiara?».

¿Quién podría haber visto salir a alguien de la casa antes de que el incendio empezara? ¿No tendría que ser la misma persona que lo provocó? Y si era así, ¿por qué me escribía a mí? Entonces, un pensamiento acudió a mi mente. La pareja que cuidaba de la casa de Lynn no la esperaban aquella noche, pero ¿habrían visto a alguien salir de la casa? Y en ese caso, ¿por qué no lo habían dicho? Solo se me ocurrió un motivo: tal vez eran inmigrantes ilegales, y no querían que les deportaran.

Ahora, tenía que hacer tres paradas en el condado de Westchester.

Como primera, elegí la casa de Vivian y Joel Powers en Briarcliff Manor, uno de los pueblos que bordean Pleasantville. Utilicé mi mapa de carreteras para localizar su casa, una encantadora construcción de piedra de dos plantas, que debía tener más de cien años. Había un letrero de un API en el jardín delantero. La casa estaba en venta.

Crucé mis dedos mentalmente, como cuando me había presentado sin previo aviso en casa del doctor Broderick, toqué el timbre y esperé. Había una mirilla en la pesada puerta, e intuí que me estaban observando. Entonces, la puerta se abrió, pero sin que retiraran la cadena de seguridad.

La mujer que abrió era una belleza de pelo oscuro, cercana a la treintena. Iba sin maquillaje, pero tampoco lo necesitaba. Largas pestañas embellecían aún más sus ojos castaños. Sus pómulos altos, así como la perfección de la nariz y la boca, me hicieron pensar que tal vez había sido modelo. Tenía todo el aspecto.

—Soy Carley DeCarlo —dije—. ¿Es usted Vivian Powers?

—Sí, lo soy, y ya le he dicho que no quería ser entrevistada —replicó.

Estaba segura de que se disponía a cerrar la puerta, de manera que me apresuré a hablar.

—Intento escribir un artículo justo e imparcial sobre Nicholas Spencer. No acepto el hecho de que su desaparición implique solo lo que informa la prensa. Cuando hablamos el sábado, me dio la sensación de que usted le defendía.

—En efecto. Adiós, señorita DeCarlo. Haga el favor de no volver.

Era arriesgado, pero me lancé de cabeza.

—Señorita Powers, el viernes fui a Caspien, el pueblo donde se crió Nicholas Spencer. Hablé con el doctor Broderick, quien había comprado la casa de los Spencer y guardaba algunas anotaciones antiguas del doctor Spencer. Ahora está en el hospital, atropellado por alguien que se dio a la fuga, y es probable que no sobreviva. Creo que mi conversación con él está relacionada con ese supuesto accidente.

Contuve el aliento, pero entonces vi una expresión de estupor en sus ojos. Un momento después, movió la mano para retirar la cadena de seguridad.

—Entre —dijo.

El interior de la casa estaba siendo desmantelado. Alfombras enrolladas, pilas de cajas con información sobre su contenido, sobres de mesa vacíos, así como paredes y ventanas desnudas, atestiguaban que Vivian Powers estaba a punto de mudarse. Observé que llevaba una alianza, y me pregunté dónde estaba su marido.

Me guió hasta un pequeño porche cerrado que seguía intacto, con lámparas sobre las mesas y una pequeña alfombra sobre el suelo de tablas. Los muebles eran de mimbre, con almohadones y respaldos de brillantes colores. Tomó asiento en el confidente, lo cual me dejaba la butaca a juego. Me alegré de haber perseverado e impuesto mi voluntad. Los expertos en bienes raíces dicen que una casa tiene mucho mejor aspecto cuando hay gente que vive en ella. Lo cual me hizo preguntarme a qué venían tantas prisas. Me propuse averiguar desde cuándo estaba en venta la casa. Aposté conmigo misma a que no había sido antes del accidente de aviación.

—Me he refugiado aquí desde que empezaron las mudanzas.

—¿Cuándo se va? —pregunté.

—El viernes.

—¿Se queda por aquí? —pregunté, en tono indiferente.

—No. Mis padres viven en Boston. Viviré con ellos hasta que encuentre algo. De momento, dejaré los muebles en un almacén.

Empezaba a creer que Joel Powers no entraba en los planes futuros de su esposa.

—¿Podría hacerle unas preguntas?

—No la habría dejado entrar si hubiera decidido no contestarle. Pero antes, yo también quiero hacerle unas cuantas.

—Las contestaré, si puedo.

—¿Por qué fue a ver al doctor Broderick?

—Solo fui para obtener datos sobre la casa donde había crecido Nicholas Spencer, y por si el doctor Broderick sabía algo sobre el laboratorio del doctor Spencer, que había estado en esa casa.

—¿Sabía que guardaba notas antiguas del doctor Spencer?

—No. El doctor Broderick me proporcionó esa información. Se quedó preocupado cuando comprendió que Nicholas Spencer no había pedido que fueran a buscar las notas. ¿Le dijo Spencer que habían desaparecido?

—Sí. —La mujer vaciló—. Algo ocurrió en aquella cena de febrero, cuando le concedieron el premio. Estaba relacionado con una carta que Nick recibió por Acción de Gracias. Era de una mujer, y le escribió que quería hablarle de un secreto que había compartido con el doctor Spencer, padre: afirmaba que este había curado a su hija de esclerosis múltiple. Incluso le dio su número de teléfono. Nick me pasó la carta para que le mandara la contestación habitual. Dijo: «Está chiflada. Eso es totalmente imposible».

—Pero ¿contestaron la carta?

—Todo su correo recibía respuesta. La gente no paraba de escribirle, para solicitar que la utilizaran en experimentos, dispuesta a firmar lo que fuera con tal de probar la vacuna contra el cáncer en que estaba trabajando. A veces, la gente escribía que había curado de alguna afección, y quería que pusiera a prueba sus remedios caseros y los distribuyera. Teníamos un par de cartas preimpresas para contestar.

—¿Guardaba copias de esas cartas?

—No, solo una lista de nombres de las personas que las recibían. Ninguno de nosotros recordaba el nombre de la mujer. Hay dos empleados que se ocupan de ese tipo de correo. La cuestión es que pasó algo en la cena del premio. A la mañana siguiente, Nick estaba muy agitado, y dijo que debía volver de inmediato a Caspien. Dijo que había descubierto algo de suma importancia. Dijo que su instinto le había aconsejado tomarse muy en serio la carta de aquella mujer que había escrito para comunicarle la curación de su hija.

—Entonces, volvió corriendo a Caspien para recoger las notas antiguas de su padre, y descubrió que habían desaparecido. Esto sucedió por Acción de Gracias, más o menos la misma época en que la carta llegó a la oficina —dije.

—Exacto.

—Hablemos claro, Vivian. ¿Cree que existe una relación entre esa carta y el hecho de que se llevaran los notas antiguas del padre de Nick pocos días más tarde?

—Estoy segura, y Nick cambió después de ese día.

—¿Dijo a quién fue a ver después de dejar al doctor Broderick?

—No.

—Compruebe su agenda de ese día. La cena del premio fue el 15 de febrero, de modo que eso ocurrió el 16. Tal vez apuntó un nombre o un número.

Negó con la cabeza.

—No apuntó nada aquella mañana, y nunca volvió a escribir nada más en la agenda desde aquel día, nada referido a citas fuera de la oficina.

—Si tenía que ponerse en contacto con él, ¿cómo lo hacía?

—Llamaba a su móvil, pero déjeme corregir algo. Había algunos acontecimientos ya concertados, como seminarios médicos, cenas, reuniones de la junta, ese tipo de cosas. Pero Nick pasó mucho tiempo fuera de la oficina durante esas últimas cuatro o cinco semanas. Cuando la gente de la fiscalía del distrito vino a la oficina nos dijeron que según sus investigaciones había ido a Europa en dos ocasiones; pero no utilizó el avión de la empresa y nadie de la oficina conocía sus planes, ni siquiera yo.

—Por lo visto, las autoridades piensan que estaba tomando medidas para cambiarse la cara mediante cirugía plástica, o que estaba montando su futura residencia. ¿Usted qué opina, Vivian?

—Creo que había sucedido algo terrible y él lo sabía. Creo que tenía miedo de que su teléfono estuviera intervenido. Yo estuve presente cuando llamó al doctor Broderick, y ahora que lo pienso, me pregunto por qué no dijo que quería las notas de su padre. Solo preguntó si podía pasar a verle.

Era evidente para mí que Vivian Powers deseaba creer con todas sus fuerzas que Nick Spencer había sido víctima de una conspiración.

—Vivian —pregunté—, ¿cree que confiaba en que la vacuna funcionaría, o siempre supo que era defectuosa?

—No. Le empujaba su necesidad de encontrar una cura para el cáncer. Había perdido a su mujer y a su madre por culpa de esa terrible enfermedad. De hecho, le conocí en un pabellón de curas paliativas hace dos años, cuando mi marido estaba ingresado. Nick era voluntario.

—¿Conoció a Nick Spencer en el pabellón de curas paliativas?

—Sí. En St. Ann. Fue pocos días antes de que Joel muriera. Yo había dejado mi trabajo para cuidarle. Era ayudante del presidente de una firma de corredores de bolsa. Nick pasó por la habitación de Joel y habló con nosotros. Unas semanas después de que Joel muriera, me llamó por teléfono. Me dijo que si alguna vez quería trabajar para Gen-stone, fuera a hablar con él. Me encontraría un puesto. Seis meses después, acepté su oferta. Nunca esperé que fuera a trabajar para él, pero llegué justo a tiempo. Su ayudante estaba embarazada y pensaba quedarse en casa un par de años, así que conseguí el empleo. Fue como un regalo de Dios.

—¿Cómo se llevaba con las demás personas de la oficina?

Sonrió.

—Bien. Le gustaba mucho Charles Wallingford. A veces, bromeaba sobre él conmigo. Decía que, si volvía a hablar de su árbol genealógico, lo iba a talar. En cambio, creo que Adrian Garner no le caía bien. Decía que era insoportable, pero que valía la pena aguantarle por el dinero que podía aportar.

Entonces, volví a percibir el tono apasionado que había captado cuando la llamé el sábado.

—Nick Spencer era un hombre entregado. Se habría puesto a las órdenes de Garner, en caso necesario, con tal de poder sacar la vacuna al mercado y hacerla accesible a todo el mundo.

—Pero si se dio cuenta de que la vacuna no funcionaba, y si había estado sacando un dinero que no podía devolver, ¿qué iba a hacer?

—Admito que pudo venirse abajo. Estaba nervioso, y preocupado. También me habló de algo sucedido tan solo una semana antes del accidente, algo que habría podido concluir en un accidente fatal. Volvía en coche a Bedford desde Nueva York, en plena noche, cuando el acelerador del coche se atascó.

—¿Ha hablado con alguien más de eso?

—No. No le dio importancia. Dijo que había tenido suerte, porque no había mucho tráfico y pudo maniobrar el coche hasta apagar el motor. Era un coche antiguo, que a él le gustaba mucho, pero dijo que ya había llegado el momento de deshacerse de él. —Vaciló—. Carley, ahora me pregunto si alguien saboteó el acelerador. El incidente del coche sucedió tan solo una semana antes de que el avión se estrellara.

Intenté mantener una expresión neutra y me limité a asentir. No quería que se diera cuenta de que estaba completamente de acuerdo con ella. Tenía que averiguar algo más.

—¿Qué sabe de su relación con Lynn?

—Nada. Por extrovertido que pareciera, Nick era una persona muy reservada.

Vi auténtico dolor en sus ojos.

—Le apreciaba mucho, ¿verdad?

La mujer asintió.

—Cualquiera que hubiera tenido la oportunidad de tratar a menudo con Nick le apreciaría. Era muy especial. Era el corazón y el alma de la empresa. Va directa a la bancarrota. Despiden a la gente, o se marchan sin esperar, y todo el mundo le culpa y le odia. Bien, puede que él también sea una víctima.

Me fui unos minutos después, tras persuadir a Vivian de que

me prometiera seguir en contacto conmigo. Esperó mientras yo bajaba por el camino de acceso, y me saludó con la mano cuando subí al coche.

Mi mente no paraba de discurrir. Estaba segura de que existía una relación entre el accidente del doctor Broderick, el acelerador averiado y el avión estrellado de Nicholas Spencer. ¿Tres accidentes? Ni hablar. Después, me permití la pregunta que había arrinconado al fondo de mi mente. ¿Había sido asesinado Nicholas Spencer?

Pero cuando estuve hablando con los caseros de la propiedad de Bedford, se planteó otra posibilidad, que cambió por completo mi opinión.

21

«Anoche soñé que volvía a Manderley.» No podía dejar de pensar en la cautivadora primera frase de la novela *Rebecca*, de Daphne du Maurier, cuando me desvié de la carretera en Bedford, me detuve ante la cancela de la propiedad Spencer y me anuncié.

Por segunda vez aquel día me presentaba en una casa sin haber sido invitada. Cuando una voz de acento hispano me preguntó con educación quién era, contesté que era la hermanastra de la señora Spencer. Hubo una pausa, y después me indicaron que rodeara el lugar del incendio y me quedara a la derecha.

Entré poco a poco, para concederme la oportunidad de admirar la hermosa finca, muy bien cuidada, que rodeaba el edificio siniestrado. Había una piscina en la parte posterior y una caseta en una terraza situada sobre ella. A la izquierda vi lo que parecía un jardín inglés. De todos modos, no pude imaginarme a Lynn de rodillas, cavando en el suelo. Me pregunté si Nick y su primera mujer habían sido los que se habían ocupado del diseño, o si un propietario anterior había emprendido la tarea.

El edificio donde Manuel y Rosa Gómez vivían era una pintoresca casa de piedra caliza, con un tejado de tejas inclinado. Una pantalla de árboles de hoja perenne impedía ver la mansión desde la casa, lo cual brindaba privacidad a ambas viviendas. Era fácil ver por qué los caseros no se habían percatado del regreso de Lynn la semana pasada. De noche, habría podido teclear el código de apertura de la puerta y entrado en el garaje sin que lo supieran. Se me antojó extraño que no hubiera cámaras de seguridad en los terrenos, pero sabía que la casa había contado con alarmas.

Aparqué, subí al porche y toqué el timbre. Manuel Gómez abrió la puerta y me invitó a entrar. Era un hombre nervudo, de un metro setenta de estatura, cabello oscuro, y rostro enjuto e inteligente. Entré en el vestíbulo y le di las gracias por recibirme sin haber avisado de mi llegada.

—Un poco más y no nos encuentra, señorita DeCarlo —dijo, muy tieso—. Tal como pidió su hermana, a la una nos habremos ido. Ya hemos sacado nuestras pertenencias personales. Mi esposa ha comprado los comestibles que ordenó la señora Spencer, y está echando un último vistazo a la planta de arriba. ¿Quiere inspeccionar la casa ahora?

—¡Se marchan! Pero ¿por qué?

Creo que se dio cuenta de que mi asombro era genuino.

—La señora Spencer dice que no necesita ayuda a tiempo completo, y tiene la intención de utilizar esta casa hasta que decida reconstruir o no la mansión.

—Pero el fuego fue hace solo una semana —protesté—. ¿Tienen un nuevo trabajo?

—No. Nos tomaremos unas breves vacaciones en Puerto Rico y visitaremos a nuestros parientes. Después, nos quedaremos con nuestra hija hasta encontrar otro trabajo.

Podía comprender que Lynn quisiera quedarse en Bedford (estaba segura de que debía tener amigos en el pueblo), pero despedir a esta gente de un día para otro me pareció casi inhumano.

El hombre se dio cuenta de que continuaba de pie en el vestíbulo.

—Lo siento, señorita DeCarlo —dijo—. Haga el favor de venir a la sala de estar.

Mientras le seguía, eché un rápido vistazo a mi alrededor. Había una escalera bastante empinada que conducía al piso de arriba desde el vestíbulo. A la izquierda había lo que parecía un estudio, con librerías y un televisor. La sala de estar era de tamaño generoso, con paredes de yeso color crema, una chimenea y ventanas de vidrios emplomados. Estaba cómodamente amueblada, y una tela que imitaba el dibujo de un tapiz cubría el espacioso sofá y las butacas. El ambiente era el de una casa de campo inglesa.

Su limpieza era inmaculada, y había flores frescas en un jarrón que descansaba sobre la mesita auxiliar.

—Siéntese, por favor —dijo Gómez. Él siguió de pie.

—Señor Gómez, ¿desde cuándo trabajan aquí?

—Desde que el señor y la señora Spencer, me refiero a la primera señora Spencer, se casaron, hace doce años.

¡Doce años, y les avisan del despido con menos de una semana de antelación! Santo Dios, pensé. Me moría de ganas de preguntar qué indemnización les había pagado Lynn, pero no tuve valor... de momento.

—Señor Gómez —dije—, no he venido a inspeccionar la casa. He venido porque quería hablar con usted y su mujer. Soy periodista, y estoy colaborando en un reportaje para mi revista, el *Wall Street Weekly*, sobre Nicholas Spencer. La señora Spencer sabe que estoy haciendo el reportaje. Sé que la gente está diciendo cosas muy feas sobre Nicholas, pero yo intento ser lo más imparcial posible. ¿Puedo hacerle preguntas sobre él?

—Voy a buscar a mi mujer —dijo en voz baja—. Está arriba.

Mientras esperaba, eché un rápido vistazo a través de la arcada hacia la parte posterior de la sala. Conducía a un comedor, y al otro lado estaba la cocina. Me pregunté si había sido una casa para invitados antes de alojar a los empleados. Tenía todo el aspecto.

Oí pasos en la escalera y me recliné en la butaca donde Gómez me había dejado. Después, me levanté para saludar a Rosa Gómez, una bonita mujer regordeta, cuyos ojos hinchados delataban que había estado llorando.

—Sentémonos todos —sugerí, y al instante me sentí como una idiota. Al fin y al cabo, esta había sido su casa.

No fue muy difícil animarles a hablar de Nicholas y Janet Spencer.

—Eran muy felices juntos —dijo Rosa Gómez, y su rostro se iluminó cuando habló—. Y cuando Jack nació, parecía que fuera el único niño del mundo. Es imposible pensar que sus padres han muerto. Eran personas maravillosas.

Las lágrimas que brillaban en sus ojos comenzaron a resbalar. Las secó, impaciente, con el dorso de la mano.

Me dijeron que los Spencer habían comprado la casa unos meses después de casarse, y les habían contratado poco después.

—En aquel tiempo, vivíamos en la casa —dijo Rosa—. Había un bonito apartamento al otro lado de la cocina, pero cuando el señor Spencer volvió a casarse, su hermana...

«Hermanastra», quise gritar.

—Debo interrumpirla —dije en cambio—, señora Gómez, para explicar que el padre de la señora Spencer y mi madre se casaron hace dos años en Florida. Somos técnicamente hermanastras, pero no íntimas. He venido como periodista, no como pariente.

Para que luego dijeran que era la defensora de Lynn; pero necesitaba obtener la verdad de esta gente, no frases educadas y cautelosas.

Manuel Gómez miró a su mujer, y luego a mí.

—La señora Lynn Spencer no quería que viviéramos en la casa. Prefería, como mucha gente, que el servicio tuviera aposentos separados. Dijo al señor Spencer que, habiendo cinco cuartos de invitados en la mansión, eran más que suficientes para acomodar a los invitados que pudieran venir. Él se mostró de acuerdo en que nos trasladáramos a esta casa, y a nosotros nos hizo mucha gracia tenerla para nosotros solos. Jack, por supuesto, vivía con sus abuelos.

—¿Nicholas Spencer mantenía una relación estrecha con su hijo?

—Desde luego —respondió al punto Manuel—, pero viajaba mucho, y no quería dejar a Jack con una niñera.

—Y después del segundo matrimonio de su padre, Jack no quiso vivir con la señora Lynn Spencer —dijo con firmeza Rosa—. Me dijo una vez que no creía gustarle.

—¡Le dijo eso!

—Sí. No olvide que estábamos aquí cuando nació. Estaba a gusto con nosotros. Para él, éramos de la familia, pero su padre y él... —Sonrió al recordar y meneó la cabeza—. Eran amigos. Esto es una tragedia para el niño. Primero su madre, y ahora su padre. He hablado con la abuela de Jack. Me ha dicho que el crío está seguro de que su padre vive.

—¿Qué le hace pensar eso? —pregunté al instante.

—El señor Nicholas hizo acrobacias aéreas cuando estaba en la universidad. Jack se aferra a la esperanza de que consiguió escapar del avión antes de que se estrellara.

¿Por obra de algún milagro?, me pregunté. Escuché mientras Manuel y Rosa competían en contar anécdotas sobre los primeros años que habían pasado con Nick, Janet y Jack, y después ataqué las preguntas que me interesaban.

—Rosa, Manuel, recibí un correo electrónico de alguien afirmando que un hombre había salido de la mansión tan solo un minuto antes de que empezara el incendio. ¿Saben algo de eso?

Los dos parecieron sorprenderse.

—No tenemos correo electrónico, y si hubiéramos visto salir a alguien antes del incendio, se lo habríamos dicho a la policía —dijo Manuel con vehemencia—. ¿Cree que lo envió la persona que provocó el incendio?

—Podría ser. Hay gente enferma que no para de hacer cosas por el estilo. Lo que no sé es por qué me lo envió a mí, en lugar de a la policía.

—Me siento culpable de no haber mirado en el garaje, por si estaba el coche de la señora Spencer —dijo Manuel—. No suele llegar a casa tan tarde, pero a veces sí.

—¿Con cuánta frecuencia utilizaban la casa? —pregunté—. ¿Todos los fines de semana, durante la semana, poco?

—A la primera señora Spencer le encantaba la casa. En aquella época venían cada fin de semana, y antes de que Jack fuera al colegio, ella se quedaba una o dos semanas si el señor Spencer estaba de viaje. La señora Lynn Spencer quería vender esta casa y su apartamento. Dijo al señor Spencer que quería empezar de cero, sin vivir con los gustos de otra mujer. Solían discutir sobre eso.

—Rosa, creo que no deberías hablar mal de la señora Spencer —le advirtió Manuel.

La mujer se encogió de hombros.

—Estoy diciendo la verdad. Esta casa no la satisfacía. El señor Spencer le pidió que esperara hasta que la vacuna fuera aprobada, antes de lanzarse a un proyecto de construcción. Tengo entendido que en los últimos meses hubo problemas con la vacuna, y él estaba muy preocupado. Viajaba mucho. Cuando estaba en casa, solía ir a Greenwich para estar con Jack.

—Sé que Jack vive con sus abuelos, pero cuando el señor Spencer estaba en casa, ¿se quedaba Jack aquí los fines de semana?

Rosa se encogió de hombros.

—No mucho. Jack siempre estaba muy callado delante de la señora Spencer. No es una mujer que comprenda a los niños. Jack tenía cinco años cuando su madre murió. La señora Lynn Spencer se parece un poco a ella, pero no es ella, claro está. Eso dificulta todavía más las cosas, y creo que le disgustaba.

—¿Diría que la relación entre Lynn y el señor Spencer era muy estrecha?

Sabía que estaba poniéndolos contra las cuerdas con mis preguntas, pero tenía que investigar su relación.

—Cuando se casaron, hace cuatro años, yo diría que sí —contestó poco a poco Rosa—, al menos durante un tiempo. Pero a menos que me equivoque, ese sentimiento no duró. Ella solía venir con sus invitados, y él estaba fuera o en Greenwich con Jack.

—Ha dicho que la señora Spencer no acostumbraba a llegar tarde de noche, pero sí de vez en cuando. ¿Les llamaba antes?

—A veces telefoneaba y decía que quería un refrigerio o una cena fría al llegar. En otras, recibíamos una llamada desde la mansión por la mañana para decir que estaba aquí y a qué hora quería el desayuno. De lo contrario, siempre íbamos a las nueve y nos poníamos a trabajar. Era una casa grande y necesitaba cuidados constantes, estuviera o no ocupada.

Sabía que era hora de irme. Intuía que Manuel y Rosa no deseaban prolongar el doloroso momento de abandonar la casa. No obstante, experimentaba la sensación de que no había ni rozado la superficie de las vidas de la gente que había vivido aquí.

—Me sorprendió ver que no hay cámaras de seguridad en la propiedad —dije.

—Los Spencer siempre tenían un labrador, y era un buen perro guardián, pero se fue con Jack a Greenwich, y la señora Lynn Spencer no quería otro perro —me dijo Manuel—. Dijo que era alérgica a los animales.

Eso es absurdo, pensé. En el apartamento de Boca Raton, su padre tiene fotos de ella con perros y caballos.

—¿Dónde dejaban el perro? —pregunté.

—Pasaba la noche fuera, a menos que hiciera mucho frío.

—¿Ladraba a los intrusos?

Los dos sonrieron.

—Oh, sí —dijo Manuel—. La señora Spencer dijo que, además de sus alergias, Shep era demasiado ruidoso.

¿Demasiado ruidoso porque anunciaba sus llegadas nocturnas, o porque alertaba a todo el mundo de las llegadas nocturnas de otro visitante?, me pregunté.

Me levanté.

—Han sido muy amables al dedicarme este rato. Ojalá todo hubiera salido mejor para todos.

—Rezo —dijo Rosa—. Rezo para que Jack tenga razón y el señor Spencer siga vivo. Rezo para que su vacuna funcione al final, y esos problemas de dinero se solucionen. —Las lágrimas se agolparon de nuevo en sus ojos, y empezaron a resbalar sobre sus mejillas—. Y luego, pediré un milagro. La madre de Jack no puede volver, pero rezo para que el señor Spencer y esa chica tan guapa que trabaja para él vivan juntos.

—Cállate, Rosa —ordenó Manuel.

—¡No! —replicó ella, desafiante—. ¿Qué más da ya? —Me miró—. Pocos días antes de que su avión se estrellara, el señor Spencer vino a casa una tarde para recoger un maletín que se había olvidado. La chica estaba con él. Se llama Vivian Powers. Era evidente que estaban enamorados, y me alegré por él. Muchas cosas se han torcido en su vida. La señora Lynn Spencer no es una buena persona. Si el señor Spencer ha muerto, me alegro de que al final conociera a alguien que le quiso mucho.

Les di mi tarjeta y me fui, mientras intentaba asimilar las ramificaciones de lo que acababa de oír.

Vivian había dejado su trabajo, vendió su casa y guardó sus muebles en un almacén. Había hablado de empezar un nuevo capítulo de su vida. Pero mientras volvía a casa, habría apostado lo que fuera a que ese capítulo no empezaría en Boston. ¿Qué pensar acerca de la carta desechada en la que alguien afirmaba que el doctor Spencer había curado milagrosamente a su hija? ¿Formaban parte la carta, las notas desaparecidas y la historia del acelerador manipulado de un complicado plan para crear la ilusión de que Nick Spencer era víctima de un siniestro complot?

Pensé en el titular del *Post*: ESPOSA SOLLOZA: «NO SÉ QUÉ PENSAR».

Yo podía ofrecer un nuevo titular: CUÑADA TAMPOCO SABE QUÉ PENSAR.

22

Los pasillos del pabellón de curas paliativas del hospital de St. Ann estaban alfombrados, y la zona de recepción era confortable, con una pared acristalada que daba a un estanque. Reinaba en el lugar un aire de serenidad y paz, todo lo contrario del edificio central y la otra ala en que había visitado a Lynn.

Los pacientes llegaban aquí sabiendo que no volverían a salir. Venían para buscar alivio de sus sufrimientos, dentro de lo humanamente posible, y para morir en paz rodeados de sus seres queridos y de gente dedicada, que consolaría a los familiares y amigos.

La recepcionista se sorprendió de que pidiera ver a la directora sin cita previa, pero accedió, y no cabe duda de que mencionar el *Wall Street Weekly* abre puertas. Me acompañaron de inmediato a la oficina de la doctora Katherine Clintworth, una mujer atractiva de unos cincuenta años y largo pelo rubio. Sus ojos eran su rasgo dominante: eran azules, del color del agua en un soleado día de enero. Iba vestida con una chaqueta de punto y pantalones a juego.

A estas alturas ya tenía bien ensayada la disculpa por visitas inesperadas, seguida de la explicación de que estaba colaborando en un reportaje para el *Wall Street Weekly*. La desechó con un ademán.

—Responderé con sumo placer a sus preguntas sobre Nicholas Spencer —dijo—. Le admiraba mucho. Como comprenderá, nada nos complacería más que no necesitar pabellones de curas paliativas porque eso significaría que el cáncer había sido erradicado.

—¿Durante cuánto tiempo trabajó Nicholas Spencer de voluntario con ustedes? —pregunté.

—Desde que su esposa Janet murió, hace más de cinco años. Nuestro personal habría podido cuidarla en su casa, pero como tenía un hijo de cinco años, ella pensó que lo mejor sería estar con nosotros los diez últimos días. Nick agradeció mucho la ayuda que les prestamos, no solo a Janet sino a él, a su hijo y a los padres de Janet. Unas semanas después, vino a ofrecer sus servicios.

—Debió de ser muy difícil encontrarle un horario, debido a sus múltiples viajes —sugerí.

—Nos facilitaba una lista de sus fechas libres con dos semanas de antelación. Siempre pudimos amoldarnos a ellas. Nick caía muy bien a los pacientes.

—¿Seguía trabajando de voluntario cuando el accidente?

La mujer vaciló.

—No. De hecho, hacía un mes que no venía.

—¿Por algún motivo en concreto?

—Le dije que necesitaba una temporada de descanso. Daba la impresión de estar sometido a una presión tremenda en las semanas anteriores.

Vi que elegía sus palabras con cautela.

—¿Qué tipo de presión? —pregunté.

—Parecía nervioso y tenso. Le dije que trabajar en la vacuna, y luego venir aquí para trabajar con pacientes que le suplicaban que la probara con ellos, suponía una carga psicológica demasiado pesada para él.

—¿Estuvo de acuerdo?

—Si no, al menos lo entendió. Aquella noche se fue a casa, y nunca más volví a verle.

La implicación de lo que no estaba diciendo cayó sobre mí como una tonelada de ladrillos.

—Doctora Clintworth, ¿probó Nicholas Spencer su vacuna en un paciente?

—Eso habría sido ilegal —replicó la directora con firmeza.

—No es eso lo que he preguntado, señora Clintworth. Estoy investigando la posibilidad de que hayan preparado una trampa a Nicholas Spencer. Le ruego que sea sincera conmigo.

Vaciló, y luego contestó.

—Estoy convencida de que aplicó la vacuna a un paciente de aquí. De hecho, estoy segura, aunque el paciente no lo admitirá. Hay otra persona que, en mi opinión, también la ha recibido, pero lo ha negado con énfasis.

—¿Qué fue de la persona que recibió la vacuna con toda certeza?

—Ha vuelto a casa.

—¿Curado?

—No, pero tengo entendido que ha tenido una remisión espontánea. La progresión de la enfermedad ha sufrido una disminución drástica, lo cual ocurre, pero en muy contadas ocasiones.

—¿Están siguiendo sus progresos, o la falta de ellos?

—Como ya he dicho, no ha admitido que recibió la vacuna de Nicholas Spencer, si es que la recibió.

—¿Me dirá quién es?

—No puedo hacerlo. Sería una violación de su privacidad.

Busqué otra tarjeta y se la di.

—¿Le importaría pedir al paciente que se ponga en contacto conmigo?

—Lo haré, pero estoy segura de que no lo hará.

—¿Y el otro paciente? —pregunté.

—Se trata tan solo de una sospecha por mi parte, y no puedo confirmarla. Y ahora, señorita DeCarlo, me espera una reunión. Si quiere que le diga algo sobre Nicholas Spencer, esta es mi declaración: era un buen hombre, impulsado por un noble propósito. Si se extravió en el camino, estoy segura de que no fue por razones egoístas.

23

La mano le dolía tanto, que Ned solo podía pensar en el dolor. Intentó mojarla en agua y aplicarse mantequilla, pero no sirvió de nada. Después, a las diez y diez del lunes por la noche, justo antes de la hora de cierre, fue a una farmacia cercana a su casa y se encaminó a la sección de medicamentos contra las quemaduras. Eligió un par que le parecieron adecuados.

El anciano señor Brown, el propietario, estaba cerrando la farmacia. La única otra empleada era Peg, la cajera, una ruidosa mujer muy amante de los chismorreos. Ned no quería que viera su mano, de manera que puso las pomadas en una de las cestas amontonadas en la entrada, la pasó sobre su brazo izquierdo y preparó el dinero en la mano izquierda. Metió la derecha en el bolsillo. El vendaje estaba manchado, aunque aquel día ya lo había cambiado dos veces.

Había un par de personas delante de él, y mientras esperaba, se removió inquieto. Maldita mano, pensó. No se habría quemado, y Annie no estaría muerta, si no hubiera vendido la casa de Greenwood Lake e invertido todo el dinero en la estafa de Genstone, se dijo. Cuando no estaba pensando en Annie y reproduciendo en su mente aquellos últimos minutos (sus gritos, cuando le golpeó el pecho con los puños, su precipitada salida de casa, seguida por el ruido del coche aplastado por el camión de la basura), pensaba en la gente que odiaba, y en lo que les iba a hacer. Los Harnik, la señora Schafley, la señora Morgan, Lynn Spencer y Carley DeCarlo.

Los dedos no le habían dolido mucho cuando se quemó, pero ahora estaban tan hinchados que la presión más leve los martirizaba. A menos que mejoraran, no podría sostener el rifle, y mucho menos apretar el gatillo.

Ned vio que el hombre de delante recogía su paquete. En cuanto el hombre avanzó, dejó la cesta y un billete de veinte dólares sobre el mostrador y desvió la vista, mientras Peg tecleaba el precio de los productos.

Pensó en que debía ir a urgencias para que le echaran un vistazo a la quemadura, pero tenía miedo de hacerlo. Ya imaginaba al médico preguntando, «¿Qué ha sucedido? ¿Cómo ha dejado pasar tanto tiempo?». Eran preguntas que no deseaba contestar.

Si les decía que el doctor Ryan le había tratado en St. Ann, quizá le preguntarían por qué no había vuelto al ver que no mejoraba. Tal vez debería ir a urgencias de otro lugar, como Queens, Nueva Jersey o Connecticut, decidió.

—Eh, Ned, despierta.

Miró a la cajera. Peg nunca le había gustado. Tenía los ojos demasiado juntos, cejas negras y espesas y pelo negro con raíces grises. Le recordaba a una ardilla. Estaba irritada porque él no se había dado cuenta de que había puesto sus pomadas en una bolsa y ya tenía el cambio preparado. Sostenía el cambio en una mano y la bolsa en la otra, con el ceño fruncido.

Extendió la mano izquierda para coger la bolsa, y sin pensar, sacó la derecha del bolsillo y tomó el cambio. Se dio cuenta de que Peg estaba mirando el vendaje.

—Dios mío, Ned. ¿A qué te dedicas, a jugar con cerillas? Tienes la mano muy mal. Deberías ir a un médico.

Ned se maldijo por dejar que la viera.

—Me la quemé cocinando —dijo, con semblante hosco—. No tenía que cocinar antes de que Annie muriera. Fui a ver a un médico del hospital en que Annie trabajaba. Dijo que volviera al cabo de una semana. Mañana se cumplirá la semana.

Se dio cuenta al instante de lo que había hecho. Había dicho a Peg que había visto a un médico el jueves pasado, algo que no habría debido decir. Sabía que Annie conversaba con Peg cuando compraba cosas en la farmacia. Decía que Peg no era fisgona. Era curiosa, pero de una forma cordial. Annie, que se había criado en un pueblo cerca de Albany, decía que allí había una señora en la farmacia que conocía la vida de todo el mundo, y que Peg le recordaba a esa mujer.

¿Qué más habría contado Annie a Peg? ¿Que había perdido la casa de Greenwood Lake? ¿El dinero que él había invertido en Gen-stone? ¿Que había pasado con Annie por delante de la mansión de los Spencer en Bedford, y prometido que algún día tendría una casa igual?

Peg le estaba mirando.

—¿Por qué no le enseñas la mano al señor Brown? —preguntó—. A lo mejor te da algo mejor que estas pomadas.

Ned la miró.

—Te he dicho que iré al médico mañana por la mañana.

Peg tenía una expresión rara en la cara. Le recordó la forma en que le habían mirado los Harnik y la señora Schafley. Era una mirada de miedo. Peg le tenía miedo. ¿Tenía miedo de él porque estaba pensando en todas las cosas que Annie le había contado sobre la casa, el dinero y el paseo por delante de la mansión de los Spencer, y porque lo había relacionado todo y llegado a la conclusión de que él era el culpable del incendio?

Compuso una expresión de aturdimiento.

—Ah, me alegro de que vayas mañana al médico. Echo de menos las visitas de Annie, Ned. Sé lo mucho que debes añorarla. —Desvió la vista—. Lo siento, Ned, pero he de despachar a Garret.

Ned reparó en que había un joven detrás de él.

—Claro, Peg —dijo, y se apartó.

Tenía que irse. No podía quedarse allí. Pero había que hacer algo.

Salió y subió al coche, y sacó de inmediato el rifle escondido debajo de una manta, en el suelo de la parte posterior. Después, esperó. Desde donde estaba aparcado veía con claridad el interior de la tienda. En cuanto el tal Garret se marchó, Peg vació la caja registradora y entregó los recibos al señor Brown. Después, fue apagando las luces del resto de la tienda.

Si pensaba llamar a la policía, por lo visto lo haría desde casa. Tal vez comentaría la jugada con su marido antes de hacerlo.

El señor Brown y Peg salieron juntos de la tienda. El señor Brown dijo buenas noches y dobló la esquina. Peg empezó a caminar a buen paso en dirección contraria, hacia la parada del autobús que había una manzana más abajo. Ned vio que el autobús se acercaba. Vio que la mujer corría para alcanzarlo, pero no llegaba a tiempo. Estaba sola en la parada del autobús cuando él frenó ante ella y abrió la puerta.

—Te acompaño a casa, Peg —ofreció.

Vio aquella expresión de nuevo en su cara, solo que esta vez estaba asustada de verdad.

—No te molestes, Ned. Esperaré. No tardará mucho.

Miró a su alrededor, pero no había nadie cerca.

Ned abrió la puerta con violencia, bajó del coche y la agarró. Le dolió la mano cuando tapó su boca para impedir que chillara, pero consiguió sujetarla. Le retorció el brazo con la mano izquierda, la arrastró al interior del coche y la tiró al suelo, delante del asiento delantero. Cerró las puertas del coche mientras se alejaba.

—¿Qué pasa, Ned? Por favor, Ned, ¿qué estás haciendo? —gimió la mujer. Estaba en el suelo del coche y se sujetaba la cabeza, que se había golpeado contra el tablero de mandos.

Él sostenía el rifle con una mano, apuntado hacia ella.

—No quiero que digas a nadie que estaba jugando con cerillas.

—¿Por qué se lo iba a decir a alguien, Ned?

La mujer se puso a llorar.

Ned se dirigió a la zona de picnic del parque del condado.

Cuarenta minutos después, estaba en casa. Se había hecho daño en el dedo y la mano cuando apretó el gatillo, pero no había fallado. No se había equivocado. Era como disparar contra ardillas.

24

Me detuve en la oficina después de abandonar el pabellón de curas paliativas, pero tanto Don como Ken habían salido. Tomé notas sobre cosas que quería comentar con ellos por la mañana. Dos cabezas son mejor que una, y tres mejor que dos. No siempre es cierto, por supuesto, pero la máxima se aplica sin la menor duda cuando incluyes a esos dos tipos en la ecuación.

Había cierto número de preguntas que deseaba comentar con ellos. ¿Planeaba Vivian Powers reunirse con Nicholas Spencer en algún lugar? ¿Habían desaparecido de verdad las antiguas notas del doctor Spencer, o tan solo se trataba de una pantalla de humo para arrojar dudas sobre la culpabilidad de Spencer? ¿Había alguien más en la mansión aquella noche, minutos antes de que empezara el fuego? Y por fin, y muy importante, ¿había probado Nick Spencer la vacuna en un enfermo terminal, que luego recibió el alta del hospital?

Estaba decidida a averiguar el nombre de dicho paciente.

¿Por qué no había proclamado a los cuatro vientos que había vencido a la enfermedad?, me pregunté. ¿Era porque el paciente quería comprobar que la remisión era permanente, o porque no quería convertirse en blanco de los medios? Ya imaginaba los titulares si se filtraba la noticia de que la vacuna de Gen-stone funcionaba.

¿Y quién era el otro paciente que, tal como afirmaba la doctora Clintworth, había recibido la vacuna? ¿Existía alguna forma de convencerla de que revelara el nombre del paciente?

Nicholas Spencer había estado en un equipo de natación del instituto. Su hijo se aferraba a la esperanza de que estuviera vivo, porque había hecho acrobacias aéreas cuando iba a la universidad. No costaba tanto imaginar que, con esos antecedentes, tal vez habría podido escenificar su muerte a unas cuantas millas de la orilla, y luego nadar hasta un lugar seguro.

Ardía en deseos de hablar de todos esos puntos con los chicos, mientras aún estaban frescos en mi cabeza, pero tomé numerosas notas, y luego, como eran cerca de las seis y había sido un día positivo, me fui a casa.

Había media docena de mensajes en mi contestador: amigos proponiendo que nos reuniéramos, una llamada de Casey pidiendo que volviera a llamarle a las siete si estaba de humor para un plato de pasta en Il Tinello. Lo estaba, decidí, y traté de adivinar si debía sentirme halagada por haber sido invitada a cenar dos veces en siete días, o si era considerada una cita «segura» porque él había agotado la gente que exigía más antelación.

Fuera como fuere, paré el contestador y llamé a Casey al móvil. Nuestra conversación fue breve, como de costumbre.

Su habitual «doctor Dillon».

—Soy yo, Casey.

—¿Te va bien pasta esta noche?

—Estupendo.

—¿A las ocho en Il Tinello?

—Ajá.

—Fantástico.

Clic.

En una ocasión le pregunté si en la cama era tan rápido como cuando hablaba por teléfono, pero me aseguró que no.

—¿Sabes cuánto tiempo desperdicia la gente en el teléfono? —preguntó—. He hecho un estudio sobre el tema.

Picó mi curiosidad.

—¿Dónde hiciste el estudio?

—En casa, hace veinte años. Con mi hermana, Trish. Un par de veces, cuando íbamos al instituto, cronometré sus llamadas. Una vez pasó una hora y cuarto diciendo a su mejor amiga lo preocupada que estaba por no haber preparado el examen del día siguiente. En otra ocasión, dedicó cincuenta minutos a contar a otra amiga que no había terminado el proyecto científico que debía presentar al cabo de dos días.

—No obstante, se las ha arreglado bastante bien —le recordé durante la conversación. Trish era pediatra, y vivía en Virginia.

Sonreí al recordar la conversación, y algo preocupada por estar siempre dispuesta a caer en las redes de Casey, apreté el botón del contestador para escuchar el mensaje final.

La persona había intentado disimular la voz. No se identificaba, pero la reconocí: Vivian Powers.

—Son las cuatro, Carley. A veces me llevo trabajo a casa. Estaba ordenando mi escritorio. Creo que sé quién se llevó las notas del doctor Broderick. Llámeme, por favor.

Había anotado mi número de casa en el dorso de la tarjeta, pero mi móvil estaba impreso en la tarjeta. Ojalá hubiera intentado localizarme en él. A las cuatro, estaba de regreso a la ciudad. Habría dado media vuelta para ir a verla. Saqué mi libreta del bolso, busqué su número de teléfono y llamé.

El contestador automático se conectó al quinto timbrazo, lo cual me reveló que Vivian se había ido de casa hacía poco. La mayoría de contestadores te conceden cuatro o cinco timbrazos para descolgar si estás en casa, pero después de que se graba un mensaje, se conectan al segundo timbrazo.

Contesté con un mensaje muy meditado: «Me alegra saber de usted, Vivian. Son las siete y cuarto. Estaré en casa hasta las siete y media, y volveré a eso de las nueve y media. Llámeme, por favor».

Ni siquiera estaba segura de por qué no había dejado mi nombre. Si Vivian tenía identificador de llamadas, mi número habría quedado grabado en su pantalla telefónica. Pero si comprobaba el aparato acompañada de alguien, de esta manera era más discreto.

Una ducha rápida antes de salir por la noche siempre ayuda a aliviar la tensión del trabajo. La ducha de mi cuarto de baño minúsculo es un poco estrecha, pero cumple su función. Mientras manipulaba los grifos del agua fría y el agua caliente, pensé en algo que había leído sobre la reina Isabel I: «La reina se baña una vez al mes, tanto si lo necesita como si no». No habría ordenado decapitar a tanta gente de haber podido relajarse con una ducha caliente al final del día, concluí.

De día prefiero trajes pantalón, pero de noche me inclino por una blusa de seda, pantalones y zapatos de tacón. Me siento satisfactoriamente más alta vestida así. La temperatura exterior había empezado a bajar cuando volví, pero en lugar de una chaqueta, cogí una bufanda de lana que mi madre me había comprado durante un viaje a Irlanda. Es de un tono arándano intenso, y me chifla.

Me miré en el espejo y decidí que tenía muy buen aspecto. Mi sonrisa se convirtió en un fruncimiento de ceño, cuando pensé que no me satisfacía el hecho de vestirme con tanto esmero para Casey, y que estaba muy contenta de que me hubiera llamado tan poco tiempo después de la última cita.

Me fui del apartamento con mucha antelación, pero no encontré ni un taxi. A veces pienso que todos los taxistas de Nueva York se envían señales para poner el cartel de «fuera de servicio» al mismo tiempo, cuando me ven parada en la calle.

Como resultado, llegué un cuarto de hora tarde. Mario, el propietario, me acompañó hasta la mesa donde Casey estaba sentado, y me retiró la silla. Casey estaba serio, y pensé, Santo Dios, qué poca gracia le ha hecho. Se levantó, me dio un beso en la mejilla y preguntó:

—¿Te encuentras bien?

Me di cuenta de que, debido a mi extrema puntualidad, estaba preocupado por mí, lo cual me complació en grado sumo. Un médico guapo, inteligente, triunfador, soltero y sin compromiso como el doctor Kevin Curtis Dillon estará muy solicitado por muchas mujeres sin compromiso de Nueva York, y me preocupa que mi papel sea el de amiga asequible. Es una situación agridulce. Llevaba un diario cuando iba al instituto. Hace seis meses, cuando me encontré con Casey en el teatro, lo rescaté. Me avergonzó leer el embeleso que me había causado ir al baile de fin de curso con él, pero todavía fue peor leer las entradas posteriores acerca de la cruel decepción producida por el hecho de que no me volviera a llamar.

Me recordé que debía tirar a la basura aquel diario.

—Estoy bien —dije—. Tan solo un caso grave de escasez de taxis.

No pareció tranquilizarse. Estaba claro que algo le preocupaba.

—¿Qué te pasa, Casey?

Esperó hasta que nos sirvieron el vino.

—Ha sido un día muy duro, Carley. La cirugía es limitada, y frustra mucho saber que, hagas lo que hagas, solo puedes ayudar un poco. He operado a un crío que chocó con un camión en su moto. Tiene suerte de que aún le queda un pie, pero sus movimientos serán limitados.

Los ojos de Casey estaban nublados de dolor. Pensé en Nicholas Spencer, que con tanta desesperación había deseado salvar las vidas de las víctimas del cáncer. ¿Habría sobrepasado los límites de la ética científica, intentando demostrar que podía hacerlo? No podía quitarme ese interrogante de la cabeza.

Guiada por un instinto, apoyé mi mano sobre la de Casey. Me miró, y dio la impresión de que se relajaba.

—Es fácil estar contigo, Carley —dijo—. Gracias por haber venido sin apenas concederte tiempo.

—Es un placer.

—Aunque te hayas retrasado.

El momento de intimidad había pasado.

—Escasez de taxis.

—¿Cómo va el artículo sobre Spencer?

Mientras tomábamos setas Portobello, ensalada de berros y linguine con salsa de almejas, le hablé de mis encuentros con Vivian Powers, Rosa y Manuel Gómez, y la doctora Clintworth en el pabellón de curas paliativas.

Frunció el ceño al conocer la insinuación de que Nicholas Spencer estaba experimentando con pacientes en el pabellón.

—Si es verdad, no solo es ilegal, sino inmoral —dijo con vehemencia—. Piensa en todos los fármacos que parecían milagrosos, y resultaron un desastre. La talidomida es un ejemplo clásico. Fue aprobado en Europa hace cuarenta años para eliminar las náuseas de las mujeres embarazadas. Por suerte, en aquella época, la doctora Frances Kelsey, de la FDA, insistió en prohibirla. Hoy, sobre todo en Alemania, hay gente de cuarenta años con horrendas deformidades genéticas, como aletas en lugar de brazos, porque sus madres pensaron que el fármaco era inofensivo.

—Pero ¿no he leído que la talidomida ha demostrado ser útil en el tratamiento de otros problemas? —pregunté.

—Eso es absolutamente cierto, pero no se receta a mujeres embarazadas. Los fármacos nuevos han de probarse durante un período dilatado de tiempo antes de empezar a recetarlos, Carley.

—Casey, supón que has de elegir entre morir dentro de unos meses o seguir vivo, corriendo el riesgo de que se produzcan terribles efectos colaterales. ¿Qué harías?

—Por suerte, no he tenido que enfrentarme a ese dilema, Carley. Sé que, como médico, no quebrantaré mi juramento y convertiré a alguien en un conejillo de Indias.

Pero Nicholas Spencer no era médico, pensé. Su mentalidad era diferente, y en el pabellón de curas paliativas trataba con enfermos terminales, que no tenían más alternativa que ser conejillos de Indias o morir.

Mientras tomábamos los cafés, Casey me invitó a acompañarle a una fiesta en Greenwich, el domingo por la tarde.

—Te gustarán esas personas —dijo—. Y tú a ellas.

Acepté, por supuesto. Cuando salimos del restaurante, le pedí que me buscara un taxi, pero insistió en acompañarme. Le ofrecí prepararle la copa que ambos habíamos rechazado en el restaurante, pero hizo que el taxista le esperara mientras me acompañaba hasta la puerta de mi apartamento.

—Se me acaba de ocurrir que deberías vivir en un edificio con portero —dijo—. Esto de entrar con una llave ya no es seguro. Alguien podría colarse detrás de ti.

Me quedé estupefacta.

—¿Por qué has pensado eso?

Me miró muy serio. Casey mide un metro ochenta y cinco. Aunque llevo tacones, me saca una buena cabeza.

—Me pregunto si no te estarás metiendo en algo más gordo de lo que crees con esta investigación sobre Spencer.

No supe cuán proféticas eran esas palabras. Eran casi las diez y media cuando entré en mi apartamento. Eché un vistazo al contestador automático, pero la luz no parpadeaba. Vivian Powers no había llamado.

Telefoneé de nuevo, pero no contestó, de manera que dejé otro mensaje.

A la mañana siguiente, el teléfono sonó justo cuando salía a trabajar. Era alguien del departamento de policía de Briarcliff Manor. Un vecino que paseaba al perro aquella mañana había observado que la puerta de la casa de Vivian Powers estaba entreabierta. Tocó el timbre y, al no recibir respuesta, entró. La casa estaba desierta. Una mesa y una lámpara estaban volcadas, y las luces encendidas. Llamó a la policía. Habían escuchado el contestador automático y encontrado mis mensajes. ¿Sabía dónde podía estar Vivian Powers?